夜に抗して闘う者たち

ジョン・レノン、ロベルト・ボラーニョ、桐山襲

原　仁司

輸林書房

夜に抗して闘う者たち

ジョン・レノン、ロベルト・ボラーニョ、桐山襲

目次

闇は光が修復できないものを復活させる。

——J・ブロツキー、by『クリミナル・マインド』シーズンⅧ・18話

ジョン・レノンの場合
ポストモダンと内在するファシズム

チェ・ゲバラは世界を変える愛の力をあきらかに信じていたが、「愛こそはすべて《ラヴ・イズ・オール・ユー・ニード》」と鼻歌を歌うことは絶対になかっただろう。
（スラヴォイ・ジジェク『暴力』）

✴

ジョン・レノンがマーク・チャップマンに射殺されたのは１９８０年の12月8日だった。（＊10度目となるマーク・チャップマンの仮釈放申請については、２０１８年8月20日から審議会が行われ23日に再び申請は却下された。前回2年前の、9度目の審議会では、再犯を犯す可能性があるとして却下されたが、今回はチャップマン受刑者へのファンからの報復を懸念、社会の福祉と安全への影響を考えてということだった。2年後の２０２０年に再び申請することができる）。80年代の最初の年に死なねばならなかったジョン・レノンは、その約10年前にアルバム「イマジン」をリリース（71年）したとともに、リヴァプールからニューヨークに活動の拠点を移し、早くも左翼反体制新聞「レッド・モール」からのインタビューに応じていた。（＊尤も、このような政治的傾向は、すでに60年代後半から散見していた。たとえば69年の大英帝国勲章の返還や、翌70年のブラック・パワーの活動家マイケルXとの交渉など）。前年の70年には、ポール・マッカートニーがビートルズを脱退、事実上のグループ解散を経て、70年代は「ビートルズ」というグレイト・ネームの重石から解き放たれたジョンが、単独の「ジョン・レノン」としてのアイデンティティを確立していく苦闘の10年間であったとも言えるだろう。この時期、ライバルであるポールの成功を尻目に彼が新たな活路として反戦運動、公民権運動にいちじるしく接近し、その影響でＦＢＩから不法な監視を受け、アメリカ国外退去命令を受けていたという事実はすでによく知られている。

とはいえ、それはピーチ・ジョンならぬレッド・ジョンの誕生というわけではなかった。多くの信頼性の高い記事や証言が明かしているのは、当時アメリカ国内を席捲していた左翼イデオロギーとジョンとのかりそめの蜜月であり、またそうした蜜月と不釣り合いな彼の虚弱な思想であり、かつそれを補うにあまりある彼の音楽人としての高い資質であった。前妻との息子で、彼の長男であるジュリアン・レノンは当時17歳。のちに（36歳頃）ジュリアンは、「愛と平和を語るそのいっぽうで、家庭を崩壊させ、意志の疎通を図ろうともせず、不倫の果てに離婚だなんて、どうすればそんな真似ができるんだろう？（ｐ319）」とラジオ放送で父親のことを慨嘆したが、実際にはそんな辛辣なコメントですら繊細で分厚いオグラートにくるまれていたということは、ジョンの伝記作者ジェフリー・ジュリアーノ（以下、ＪＪと表記）の著作（『ジョン・レノン　アメリカでの日々』２０００年）からもよく伝わってくることだ。このＪＪが暴き出すジョンと妻ヨーコの醜劣なゴシップ（金《かね》や性《セックス》をめぐる）とその真偽のほどについては改めて厳正な見直しを要するとはいえ、しかし結論から言えば、家庭人としてのジョンの人生はやはり破綻と昏迷に充ちたものだったと言えるだろう。だが、いま思えばそうした実人生のアナーキーな破綻ぶりこそが、革命的音楽家として彼が新世界アメリカで跳躍するための踏み切り板になっていたとも言えるのである。『革命のジョン・レノン』（２０１３年）の著者ジェイムズ・Ａ・ミッチェルは、73年以降のジョンはすでに「政治的な歌を作る興味を――社会運動のためのことばを紡ぐことに対する興味を失ってしまっていた」と述べるが、そうではなく、そもそもジョンの〈平和思想〉なるものの内実が、思いのほか安直な代物だったというに過ぎないのである。「イマジン」のヒットに気を良くしたジョンは、この曲について次のように語っている。「宗教、国家、因習、資本主義のことごとくに反旗を翻す歌だけれど、口当たりをよくしてあるから受け入れられるんだ。ようやくぼくらの取るべき手段がわかったよ。政治色の強いメッセージは、少しハチミツをからめて出すといいんだ。これがぼくらのやり方さ――（p47）」（JJ）と。

＊「イマジン」の思想については、レイ・コールマンも引用しているポール・マッカートニーに宛てたジョンの手紙の中に、次のようなジョン自身による自解がある。「『イマジン』が政治的じゃないって？　君みたいな保守的な人間には、あれは砂糖でくるんだ『労働者階級の英雄』なんだよ!!　君は明らかにあの言葉が分かっていないようだ。想像《イマジン》してみろよ！」。なお本論におけるＪＪの著作からの引用は、レイ・コールマン『ジョン・レノン　下』からのさらなる引用（孫引き）になる。「イマジン」のリリースは71年の10月で、ジョンとヨーコはそのわずか一ヶ月前の9月からアメリカでの新生活を始めていた。この時のシングルB面は「イッツ・ソー・ハード」という――自身の新婚生活をいっけんナーバスに歌ったかに見える――ミディアムナンバーだったが、4年後のイギリスでのシングルB面は左翼思想を連想させる「労働者階級の英雄」であり、多分に後付け感が否めない。実際その歌詞を読めば、労働者階級の切実な〈現実〉とは明らかに乖離があり、そこに「歌われているのは観念としての〝労働者階級〟」でしかなかったという指摘（「ジョンレノンは労働者階級の歌が作れなかった」西村昌已、２００８年）はきわめて妥当だ。

＊尤も、「労働者階級の英雄」は70年のアルバム『ジョンの魂』に先行収録されている。だからイギリスでのB面を決めた時、判断の規準は音楽性よりも曲名の方にあったのだと推察できる。

　リリース後、「イマジン」（71年）はスマッシュヒットこそしたものの、まだ70年代の時点ではジョンの代表作の一つという位置付けしか与えられていなかった（THE COMPLEAT BEATLES ~ THE WEBSITE FOR BEATLEMANIA ~「ジョンレノンと日本のこころ」）。全米ビルボード・チャートで第3位、本国のイギリスでは第6位だった（死後、81年に第1位となる）。最初はアルバム収録曲としてリリースされ、他の収録曲には「兵隊にはなりたくない」のような、稚拙だが政治色を明確に感じさせる作品も含まれていた。そうした政治的傾向は、翌72年リリースの『サムタイム・イン・ニューヨーク・シティ』で頂点を迎えるのだが、評判はおおむね芳しくなかった。**＊《メロディー・メーカー》誌はこのアルバムを〝すさまじく未熟な歌詞でつづられた、愚かで行きすぎた安っぽいレトリック〟と評し、《ローリング・ストーン》誌は〝決まりが悪いほど幼稚で機知に欠けている〟と端的にまとめた（ＪＪ）**。さらに翌73年の『マインド・ゲームス』所収の、ジョンの最後のプロテスト・ソングとも称される「ブリング・オン・ザ・ルーシー」の歌詞は、きわめて神秘主義的な内容で、かつ韜晦趣味の言辞にあふれている。

Well we were caught with our hands in the air
そう、ぼくらは神の手に囚われ、両手を空にかざした。
Don't despair paranoia is everywhere
失望しないで。いたるところにおかしな奴はいる。
We can shake it with love when we're scared
ぼくらは怯えながらもそれを愛の力で振り払うことができる。
So let's shout it aloud like a prayer
そう、敬虔な信徒のように、大声で叫んでみよう。

（「ブリング・オン・ザ・ルーシー」訳：引用者）

歌詞はこのほかに、「ルーシー（ルシファー）を引きずり出せ」「あんたの名前は666さ」と体制権力（ニクソン大統領）の施策を悪魔の所業と誹謗し、「今すぐ人民を解放しろ Free the people now」「今すぐ人殺しをやめろ Stop the killing now」と畳み掛けるように連呼する。70年代前半のジョンの言行には、多くの前衛芸術家たちの例に漏れず神秘主義やオカルトへの傾倒・心酔が見られ、妻ヨーコの存在がそれに拍車をかけていた。たとえば60年代後半から流行し始めたプライマル・スクリーム（原初の叫び）療法＝原初療法（primal therapy）にインスパイアされた作品も数多く作られた（ex：「マザー」）という指摘は、ジェイムズ・A・ミッチェルを始め、その他ジョンの周囲にいた多くの関係者が述べてきたことである。

総じて70年代以降（つまりは死去に至るまで）のジョンには、「音楽には全世界を解放する力があるという信念（p80）」（JJ）だけが一貫して保持されていたと言えるだろう。先のミッチェルは、73年のアルバム『マインド・ゲームス』を「社会運動や革命、そして活動から得られた教訓などについてのジョンの考えが表現された最後の作品」で、「反逆の怒りを超えた、前向きで楽天的なエネルギー」がそこにはあった、そして「歌詞が紡ぎだすのは、一貫したビジョンである」と述べたが、表題作「マインド・ゲームス」の歌詞内容からは、その一貫しているはずのロジックを自ら裏切ってしまうような自虐的な翳りすら読みとれてしまうのだ。たとえば曲のラストで、フェイドアウトしながらジョンがか細い声で歌うのは、歌詞カードでは丸カッコのなかにひっそり鎮座する次のような呟きである。「(愛しあおうよ、殺しあうんじゃなくて I want you to make love, not war, ／聞き飽きてるのはわかってるけど I know you've heard it before)［以下、完全にフェイドアウト］」。このとき「聞き飽きて」いたのは、ファンや視聴者であるというよりも、どちらかとせば呟いているジョン自身のほうであっただろう。彼の〈平和思想〉や〈反戦思想〉が中身の薄い常套句《クリシェ》に過ぎなかったことは、誰よりもジョン本人が自覚していたはずだからである。先ほど補註で引用したレイ・コールマンの著『ジョン・レノン　下』では、ジョンを「はっきりとした反体制のバックボーンを持つアーティストだった」「二十世紀の哲学者として、彼は想像力と博愛主義の手本を示した」などと論断しているが、この手の評価を下している批評家ないし伝記作者の著作においては、その根拠が全くと言っていいほど示されていないことに気づく。近著『革命のジョン・レノン』（前出）には多少それらしい記述があるとはいえ、後者のような著作においても虚心にその記載を読めば、左翼系活動家との時系列的な交流が紹介されているだけで、ジョンの思想的な深度についてほとんど分析はなかったと言えるだろう。畢竟、政治的なイデオロギーは、彼にとっては宗教よりも馴染みにくいドグマティックな分野《フィールド》でしかなく、音楽家としての彼が一身に情熱をささげる対象としては、もともと不釣り合いな課題だったのである。

＊ジョンは、ニューヨークの編集者・ライターのピート・ハミルから、過激な左翼主義に関わった来米後数年間の経歴について問われ、次のように語っている。「駄目になりかけたよ、ある意味ではね。詩じゃなくて、ジャーナリズムになったから。僕は自分のことは詩人だと、基本的には思っている。」（「ローリング・ストーン」１９７５年６月５日：ジョン・レノン『音楽と思想を語る』中川泉訳２０１８年４月から引用）。

スーザン・ソンタグの視点
——レニ・リーフェンシュタールとオノ・ヨーコ

✴

アニー・リーボヴィッツは、射殺されるわずか10時間ほど前に、ジョンの最後のポートレートを撮った写真家として知られている。彼女は後年（89年）、スーザン・ソンタグと知り合い、その後ソンタグが死去するまでの5年間、彼女と恋人関係を維持していた事実もよく知られている。「写真論」（77年）を書いたソンタグが、ジョンの最後のポートレートをどのような想いで見たのか、そしてジョンの死をどのように理解したのかについては寡聞にして知らないが、少なくともジョンの「音楽」の革命的側面については、これにポジティブな評価を与えていなかったのではないかと私には思われる。**＊尤も80年は、3月に敬愛するロラン・バルトが死に、4月にはジャン＝ポール・サルトルが死んだ。現代思想家でもあるソンタグにとって、それどころではない精神状況だったと言えるのかもしれない。**

74年の「ファシズムの魅力」（『土星の徴しの下に』所収）という小論の中で、ソンタグは映画『意志の勝利』（35年）の監督レニ・リーフェンシュタールが手がけた写真集『最後のヌバ』（73年）について興味深いことを書いている。ソンタグの論述は、いつもながらのみずみずしい機知と弾力にあふれており、そして彼女の他の稿と同様この小論においても、個々のテーマに基づく作品分析以上に、読者でありその作品を受けとめる側の「大衆心理」の位相に、より深く犀利な観察眼を差し向けている。――なぜ人は（大衆は）、かくも重大な歴史的事実（ファシズムの跳梁）とそれがもたらしたはずの経験則を易々と忘却できるのか。また忘却する過程において、なぜ彼らは（大衆は）いささかも罪責の念を抱き得ぬのか、と。

リーフェンシュタールの映画を、ナチスの「プロパガンダとは異なる記録映画として弁護し」、それが本来内包している「有害なイデオロギーを抜き捨て」て、その「美的」特性のみを評価できると考える一群の「人々」が存在する、とソンタグは指弾する。おそらく、それら一群の「人々」は、ファシズムの美の魔力に引きこまれ、セイレーンの声に応ずるがごとく「高貴なる野蛮人（ソンタグ）」に魅せられてしまう者たちである。これは、ともすれば人間は権力や崇高さに強い憧れを抱くといったような、ありふれた〈お話〉ではない。逆に表面的には、そうした〈お話〉から遠ざかり清廉の身を保つことで、より複雑な自己韜晦を内に秘めてしまうような、そうした精神的態度のことを指し示しているに違いない。失われた共同体との紐帯を再び取りもどし、個の疎外を克服すること。人々は（大衆は）、この試みを飽きるほど繰り返してきた。

ドキュメンタリー映画『意志の勝利』において、「記録（映像）」は決して「ひとつの現実の再現」をするだけにはとどまらなかった。その「記録を作るために」、そこにさらに新たな別の「現実」が拵えられたのであって、そして「ついには記録が現実にとってかわろうと（ソンタグ）」したのである。このとき、制作者サイドの膝下においては、「現実」のほうが進んで「虚構」に追随するという事態が生じていたのであるが、まさにかくのごとき不穏な事態こそが、プロパガンダ芸術なるものが内持するところの真の恐怖でありおぞましさであったと言える。ファシズム政権下に作られたプロパガンダ映画は、単に記録のための記録であるはずはなく、当然、ファシズムの権威に追従しおもねり、ファシズムを推進するためにその効力を遺憾なく発揮させ、そしてついには「現実」とその堆積が形作るところの歴史的事実を改編する。虚構化の手に落ちた「記録」が、「現実」を不当にも侵犯するのである。にもかかわらず人々（大衆）の多くは、ソンタグが指摘するように、そうした作品（記録）たちがたどってきた悪しき「現実」操作のプロセスを、いとも簡単に過去の薄明に葬り去ってしまうのだ。

リーフェンシュタールの映画が今なお効果的であるのは、ひとつにはそこにある憧憬が今も感じとれるものだからであり、またその内容となっているロマンティックな理想に対して今日でもまだ多くの人々がしがみつき、しかもそれが新しいかたちの共同体的つながりを求める若者＝ロック文化、原始の叫び療法、反精神医学、第三世界への同調、オカルト信仰などの多種多様な態度とプロパガンダのうちに生きているからである。しかし、共同体的つながりを掲げれば絶対の指導者を求める心情を遮断できるわけではない。それどころかそこに辿りつくのが必定であろう。［今日かなり多くの若い人々が新興宗教の指導者の前に平伏し、六〇年代には反権威、反エリートをうたった人々がおそろしくグロテスクな独善思想に屈服しているのは、意外でも何でもないのである］。

（「ファシズムの魅力」波線引用者）

＊70年4月、ジョンとヨーコはロサンジェルスに飛び、アーサー・ヤノフ博士のもとで4ヶ月間の原始の叫び療法《プライマル・セラピー》を受けている。ソンタグが指摘する波線部分の「態度」は、すべてジョンとヨーコの70年代の動向と過不足なく一致している。

「歴史的にものを見る目を欠（ソンタグ）」いた大衆の、つましくも無邪気な健忘症は、リベラルな現代社会においては決して罪悪とは見なされない（美徳ですらある）。誰もが至極当然として呟くように、大衆は常に熱しやすく冷めやすい。ソンタグは言う。「リーフェンシュタールのナチス時代の過去は、突如として容認されるようになったわけではない。文化の車輪がひと回りして、それがもう問題にならなくなったというだけのことである。リベラルな社会は（全体主義的な国家とは異なり＊補説：原）上から冷凍パック入りの歴史を押しつけるかわりに、趣味のサイクルがひと回りして論点がその意味を失うのを待つという手を使うのだ。」（傍線引用者）。忘却という名の免罪符、あるいは恩赦、禊ぎ。ソンタグの小論は74年の執筆であるが、この時点にして彼女は早くも大衆の恣意性、そしてその胡乱な心変わりを予見している。まだ熱冷めやらぬ68年の世界的シンクロニズム（共振）すら、70年代の大衆にとってはすでに過去の幻影として虚ろい始めているのだ。「現実」を見世物化する「スペクタクルの社会」という概念——発想法が、68年以前（50年代から60年代にかけて）から夙に発祥し、先行流通していたことをソンタグは機敏に指摘する。**（＊ギー・ドゥボールによれば、我々は１９２０年代末頃からスペクタクルの社会に入ったとされる）**。

＊

２００７年10月９日、「イマジン・ピース・タワー」の点灯式が執り行われた。この「ピース・タワー」とは、オノ・ヨーコが北極圏アイスランドに建設した、ジョンの魂を弔い慰撫するための光の塔《モニュメント》で、毎年10月９日から12月８日までの間と、大晦日、イースターの期間だけ夜空に向かって荘重な垂直の光を放つ。円形の台座のごときコンクリートの建築物《モニュメント》から放たれる光は青白く、まっすぐ長く天に伸び、そしてその光にはジョンの平和への願いが込められている、とされる。だがその一条の壮大な光は、人類の未来に希望（光明）が与えられるというよりも、寂寞《じゃくまく》として温《ぬく》みを欠いた無機的な印象ばかりが贈与される印象である。実際にその光を見た瞬間、私は「明るさは滅びの姿であろうか」の太宰治のアフォリズムを連想した。「人も家も、暗いうちはまだ滅亡せぬ。」（「右大臣実朝」43年）と。これは決して皮肉ではない。

点灯式にはジョンの盟友リンゴ・スターや、今は亡きジョージ・ハリスンの妻オリビアが主賓として招かれていた。2人の息子ジュリアンとショーン、ヨーコの娘キョーコもむろん招かれていたが、彼らは聴衆のなかに紛れていて、メディア向けの主役（リンゴ、ヨーコ、オリビア）の3人を、聴衆とともに遠くから見守る風情だ。ヨーコの挨拶は、例の型どおりの「愛と平和」の主張で、さらにこれまた型どおりの「混乱と恐怖の世界の中に我々はいる」という前置き、そしてその混迷の闇のなかに灯される一条の光として「ピース・タワー」が作られたという予定調和的な物語である。これが物語にすぎぬと感じられるのは、「ここがジョンの庭なのかもしれません」という彼女の挨拶中の言葉が、いま述べた3人の子供たち（ジュリアン、ショーン、キョーコ）が結局はその「庭」の主要なキャストにはなれないという冷淡な現実（事実）によって反照されるというそれだけの理由からではなく、次のようなヨーコの言説、聴衆に向かって彼女が投げかけた言葉が、ほとんど実体を伴わない概念《コンセプチュアル》的なメッセージであったからだ。「心に光をともしてください。ここにみんな集まって平和の光を見ることで、あなたが一人でないことがわかります」。1年前の10月にはこうも言っていた。「この暗闇に生きる必要はありません。チャンネルを切り替えてこの状況から離れることです。そして未来を目指せばいいのです。」と。さらにその1年前の10月、ピース・タワー建設を公式発表したときも、判で押したように「いま世界が渇望しているのは光です。みんな恐怖と混乱の中に生きています。」という調子。

「離れる」べき「状況」とは、おそらく9・11以後の昏迷を深めた世界状況ということなのであろう。＊ヨーコは9・11から奇しくも13日目に当たる9月23日のニューヨーク・タイムズ日曜版に"Imagine all the people living life in peace"という一面広告を掲載した。これを受けて米国政府は、放送局に「イマジン」のオンエア自粛を求めた、といった記載がWikipediaにある。また、04年に住友ホールで行われた講演においては、アルカイダについてどう思うかという観客の質問に対して「アルケーダね。平和産業の人たち。」と彼女が答えたという記載がやはりあり、それが09年に削除され別の言葉にすりかえられているという指摘がある。そこには9・11が起こることをヨーコは事前に知っていたのではないか、あるいは反アメリカ政府的な立場を彼女がとっていたのではないかと匂わせる記述もあるが、それらはあくまでも推測の域を出ない。詳しくは「オノヨーコさんは、9・11から13日目のニューヨークタイムズの一面広告枠を買ってあった『Imagine ~』」［投稿者：飯岡助五郎、日時：2013年9月11日］を参照されたい。だが、そのような「離れる」べき「状況」に対して、ヨーコが指し示す「未来」はあまりにも現実感に乏しい。その「未来」を、我々観衆は一体どのような具体的ビジョンとして、脳中に思い描くことが可能なのだろうか。そもそも「チャンネルを切り替えて」とは？

ジョンがまだ存命中、半世紀近く前の「Bed-in（69年）」のときには、2人は新婚ベッドの中からメディアに向かって――「非暴力」の立ち位置で――「平和」を訴えかけていた。このときの演出（戦略）のほうが、まだしも同時代の構図において（＊72年にベトナム北爆再開）その有効性を――副次的にではあるが――担保できていたかもしれない。だが、今日のごとく大衆の暴力《パワー》（示威行動や階級闘争）が換骨奪胎され、サイレント・マジョリティ化した時代状況にあっては、彼女のメッセージはいよいよ空疎であり空転していると言わざるを得ない。

もとより「ピース・タワー」も、彼女の前衛的芸術作品《コンセプチュアル・アート》の一つとして理解されてきた節がある。ロンドンで、ヨーコがジョンのハートを射止めたとされる彼女の前衛芸術作品（虫眼鏡で「ＹＥＳ」を発見する）は、ネット上でも指摘されているようにきわめて概念的な機知を表現したものでしかなく、しかもそれは一休《いっきゅう》禅師的な頓知《トンチ》をはるかに下回る皮相なレトリックでしかありえなかった。**＊勿論、日本ではこの作品［正式名は「シーリング・ペインティング」］を評価する作家［例えばエッセイストの久我なつみなど］が多いことも分かってはいる。だが、彼らの評価はあまりにもヨーコの作品と実人生を美化し、偏った見方をしている。また、前衛芸術に対する理解も浅い。例えばヨーコの作品をコンセプチュアル・アートだと言っておきながら、ヨーコの芸術の源流である禅思想自身が「概念に頼らぬこと」（鈴木大拙）と強調していることの真の意味を理解せず、頓知的「公案」をもって禅思想の悟りを理解しているつもりでいるところなどは滑稽としか言いようがない。ヨーコは自分の周辺の芸術家を動かすマネジメントの才には長けていても、実作については非才であり張子の虎であったと断言できるし、あえてそれをここに断言しておく必要がある。それにしても「ＹＥＳ」［＝キリスト］とは、何と絶妙なネーミングであろう。**したがって、立体的な「知」の構築力に欠けたヨーコ主導のアルバム「ダブル・ファンタジー」（80年）も、たとえばヨーコがあげていた耳障りなあの奇声は、好悪の問題に属すると考える向きもあるかもしれないが、しかし、やはり当時（80年の発売直後）においては、ジョンの「静」に対する彼女の「動」。優美で繊細なジョンの歌声を浮き彫りにし引き立たせる役を彼女が演じていたとするグレーゾーンの評価が多かったし、またそれらの評価に賛同せざるを得ない。ヨーコの楽曲の前衛性、音楽性に対する評価は、少なくとも私が見た限りでは（同時代の欧米においては）決して高いものではなかった。

そして、そのことを確信させたのが、２０１６年11月のトランプ大統領当選の際の彼女のメッセージである。Twitter に彼女が投稿した19秒間の音声には、「アアアァーｰｰｰッ…アアアァーｰｰアーｰ…オオオォーーーッッ…」という病人か狂人の「うめき声」とも「叫び声」とも取れるエキセントリックな奇声だけがとどろき、その不可解な声のメッセージには次にあげる英文が付されていた。「Dear Friends, I would like to share this message with you as my response to @realDonaldTrump love, yoko」。

「ダブル・ファンタジー」から40年近くの時を経た現在において、ヨーコのこの二つの奇声を俯瞰してみたとき、彼女の「前衛性」なるものの内実が、改めて白日のもとに曝け出された感がある。まずはこの「奇声」という一点にのみ着目すれば、たとえば「ダブル・ファンタジー」の1年前にリリースされたニナ・ハーゲンの楽曲「アフリカン・レゲエ」(79年)が、業界では引き合いに出されるわけだが(両者は「奇声」の二大巨頭だ!)、ニナの「奇声」が、当時まだ前衛であったパンク、レゲエ、ニュー・ウェーブ等を吸収しつつ、卓絶したオペラの歌唱法とハードロックを基盤とした揺るぎない音楽性を見せつけたものであったのに比し、ヨーコの楽曲は前衛性においても音楽性においても、はるかに下回る通俗臭にまみれた珍品であったことは歴然としている。歌詞についても、奇声の合間にDAITE DAITE DAITEYOと繰り返されるヨーコの挑発的ではあるものの、その挑発的であるということ以上に何らの前衛的・思想的価値も見出せない「kiss kiss kiss」(シングル「スターティング・オーバー」のB面でもある)と比べて、ボブ・マーリーを経由して取り入れた「ラスタファリ運動」や女性器切除を題材に「ブラック・フェミニズム」をいち早く視野に取り入れたニナの歌詞は、音楽性の高さと同時に思想的な高さと広がりを兼ね備えていた。こうした作品が産み落とされた要因としては、何よりもニナ本人が12歳のときに義理の父ビアーマンの反政府抗議運動に参加、21歳のときには東ドイツから西ドイツへ亡命し(まずイギリスに76年、その後西ドイツに77年)、その精神的成長のプロセスにおいて地についた思想的鍛錬を経たことが大きかったようだ(もちろん波乱に満ちた少女時代もこれに含まれる)。この点も、安田財閥系の令嬢として育ったヨーコとは、比較すること自体が馬鹿馬鹿しいほどに対照的なのである。芸術の最前線（＝前衛）にただ居座るだけに終始することと、最前線で革命的闘争の一端を生きることとの違いは大きい。２０１６年の奇声がただ世間を驚かせ挑発することだけにかまけていたのと同様、80年のヨーコの奇声はジョンとの対比のなかでのみ辛うじてその存在意義を有していた。ただし音楽業界では、「ダブル・ファンタジー」に対する最初の（そして、まだ存命していたジョンへの）反応は、じつはかなり冷ややかなものだったという。「心の対話《ア・ハート・プレイ》」とサブタイトルが付された「ダブル・ファンタジー」の夫婦愛情物語について、音楽批評家の多くは、「それが偽装工作であることを見抜いて（p308）」（ＪＪ）いた。また、大衆の大多数は、ジョンの死を契機にこのアルバムを美しい「物語」として受けとめそして消費（享受）していくわけだが、もしジョンが射殺の悲劇に出くわさずその後も生き続けていたなら、果たして現在のような評価はあり得たであろうか。ＪＪは次のように発売直後の反応を解説している。

> 《ヴィレッジ・ヴォイス》誌のジェフリー・ストークスは、《ダブル・ファンタジー》についてこんなふうに述べている――「吸血女が男から生気を吸い取り、そしてその男は、自分が大きく損なわれていく一瞬一瞬を楽しんでいる」。ストークスはさらに、このアルバムが描写してみせるのは「並はずれて強大な影響力を持つがゆえに、痛みも衝突もなく存在する」愛であり、その愛は「機能する大人としてのジョン・レノン（p308）」を許さないと看破した。

「彼女（ヨーコ）の主要な役割はレノン帝国の管理であり、現在でも十億ドル近い驚くべき資産価値を保っているという現実は、レノン家の財産を管理する彼女の如才なさを証明している。（p323）」「筆者の見たところ、目下、数百万ドル規模の企業体が欲深なオノ・ヨーコの指揮下にある。そしてその事実こそが、我らがジョンに関する嘘偽りのない情報の自由な流れを妨げる一大要因となっているのは、どうやら間違いなさそうだ。（p8）」。先ほどから紹介している、ＪＪの記述である。尤も、この種の批判は確たる証拠が示されないかぎり、やはり憶測の域を出ないと解すべきだろう。ＪＪは、「ビートルズの歴史を永遠に変えてしまう力がある」とするジョンの日記が自分の手元にある、と誇示しながら「典拠としたのはジョンの日記ではなく、何年もかけて集めたおびただしい記録の数々――〈略〉情報――である」（『ジョンレノン　アメリカでの日々』序文）とも述べており、当該の日記を全く典拠としない姿勢は伝記作者としてあまりにも訝しい（彼が言う「情報」のほとんどは個別の聞き取りである）。また、右にあげた引用文中の「欲深な」という低級《チープ》な表現をはじめとして、この本には随所からオノ・ヨーコに対する客観性を欠いた嫉妬や敵意が滲み出ていることは否めない。

　だが、それを割り引いたとしても、ＪＪの指摘の幾つかにはある正しさがある。「レノン帝国」という言い回しはやや粗笨ではあるが、確かにオノ・ヨーコの手によって、リベラルな同時代の趨勢――グローバリゼーションを背景として成立し得ていた広義の概念としての大衆リベラリズムの蔓延――に乗じた戦略的なマネジメント――「ジョン・レノン現象《フェノミナン》」とでも名付けたいホリスティックな芸術ポピュリズムの編成――が、周到に推し進められていたことは間違いない。ただし、そうした「ジョン・レノン」の偶像化戦略は、80年代以降、90年代そして2000年代まで連綿と継続されてきた〈後期ポストモダン〉の方向性《ベクトル》と要請《ニーズ》に合致するものでもあったのだから、その罪をヨーコにだけ負わせるのは筋違いというものだ。したがって、ジョンの「名前から写真から歌から、全てはヨーコの認可のもとに金もうけの手段と成り果てた（p258）」というＪＪの不躾な批判は、かえって重大な論点を無効にしてしまうことにもなりかねない。

神話としての「ジョン・レノン現象《フェノミナン》」

✴

ジョン・レノンという物語、そのロマン主義的なrécit《レシ》を無辺際に受容することを原則とし作法とする「ジョン・レノン現象《フェノミナン》」は、同時代の共同体的つながりを志向する大衆のシンドローム（あるいは願望）と明らかに連動していたし、今もなお、より強く連動している。愛と平和の使徒、無欲にして清廉なオピニオンリーダーを、矛盾と混乱に満ちた（ヨーコの十八番の語法だ）現代社会の最前線に押し出すことで、アイデンティティの危機に瀕する大衆は共同体的なつながり意識を回復することができるとする、尤もらしい使徒的「物語」が形成されるわけである。

フリーマン・ダイソン（＊世界的な数学者・物理学者）も言うように、人類は太古の時代から「事実を確かめるよりも、物語を信じる傾向にあ」り、それが深くＤＮＡに織り込まれている。事実を検証するよりも、物語を信じ愛玩したくなる傾向に流されやすいのだ。これは、「物語」の罪では断じてないのだが、（と言うよりも、そのような傾向は逆に「物語」の美質と真実とを大きく損なう事態に立ち至らせてしまうのだが、）ジョン・レノンを偶像化した物語にはそれに終止符《ピリオド》を打てない分、あるいはまさに終止符《ピリオド》（死）から始まっているという強みがある分、検証の鑿《のみ》をはね返す堅牢な力が無前提に具わっている。そして優れた人、惜しむべき人の「死」に対する厳粛な敬意と愛慕とがそれを強く後押しするのである。

だからこそ人々は限定をつけるのである——疑いようもなく美しいからこれを賞賛するのだ、美しいものがそこで神聖化されているからこそ大切にするのだ、と言って。むずかしい顔をして形式の美を鑑賞する姿勢の背後にひかえているのは、ずっと大きな鑑賞態度、つまり、真面目さなどに束縛されることを知らないキャンプの感受性である。現代の感受性は、形式派の姿勢とキャンプ的趣味の間をたえず往きつ戻りつしながら、存続しているのである。

（p107、ソンタグ、傍線引用者）

しかしこれよりも重大なのは、国家社会主義が残酷と恐怖のみの代名詞であると、一般には考えられている点である。そう考えるのは間違いである。国家社会主義は——広く言えばファシズムは——模様替えをして今日なお生きのびている理想の、複数の理想の代名詞でもあったのである。芸術としての生という理想、美への信仰、勇気の神格化、共同体的感情にひたって疎外感を解消すること、知性の拒否、人類は皆一家（指導者は父である）という考え方などの代名詞でもあったのである。こうした理想は多くの人々にとって感動的な現実感をもっている。

（p105〜106、同）

「他者の承認」「差異の尊重」が、20世紀中葉以後の世界思想——とくに西洋圏の思想をいちじるしく席捲したのは、記憶にも新しい。ところで、現在我々が直面し続けているのが、その裏返しであるところの病的な承認欲求と頑冥なレイシズムである。ソンタグはかなり早い時期から、驚くべき慧眼で同時代の若者の新しい症候《シンドローム》である「有名主義」への指向を見抜いていたが、何のことはない。スペクタクルの社会という価値判断の物差しを参照項とした時点で、すでにその素地たる劇場型の社会は始まっていたのである（社会が一個の劇場なのではなく、劇場が社会だという転倒の思考法《ロジック》）。だからたとえ年長者の世代であっても、逆にその人の「状況」に差し向ける感度が高ければ高いほど無時間性の中に生きる〈永遠の若者〉たる彼ら――ポストモダニストたち――は、たやすくこのスペクタクルの思想に感染していったことも想像するに難くない。「有名主義」は、コンシューマリズムに紐付けられながら、いつでも易々とプライドとコンプレックスの間を往還することができるので、さらに始末が悪い。ゆるやかな全体主義と硬化した自由主義《リベラリズム》（個人主義）は、好一対となってオセロゲームのように旧来の「知」の布陣を転覆させるばかりか、それこそがまさにこの新しい人生ゲームのルールなのだ。（その意味で、オセロゲームは「脱構築ゲーム」「ポストモダンゲーム」と呼ばれるにふさわしい）。

> 想像してごらん Imagine　国なんてないと there,s no countries…　人はみな兄弟なのさ a brotherhood of man　想像してごらん Imagine　すべての人々が世界を分かちあっていると …all the people sharing all the world…
>
> （「イマジン」歌詞対訳：山本安見）

宗教の違い、人種の違い、国籍の違い、価値観の違いを超えて、果たして「人はみな兄弟」になれるかという問いは、確かに20世紀的な課題の一つであった。**＊ジョンもまた、「世界はひとつ《ワン・ワールド》、同じ人類《ワン・ピープル》」という政治姿勢を持っていたと『ダブル・ファンタジー』のプロデューサー、ジャック・ダグラスが語っている（『メイキング・オブ・ダブル・ファンタジー』ケン・シャープ、２０１０年）。**

「世界は一家、人類は皆兄弟！」「一日一善！」のＣＭが頻繁に放映《なが》されていたのは、日本では70年代から90

年代までの、日本国民が次第に「恥の精神」を欠落させていく過程とオーバーラップする出来事——珍現象だったが、その名文句がじつはファシズムの思想（＊日本では八紘一宇）と通底していた事実はすでに点検済みかと思う。これまでグローバリズムの趨勢とバブル景気の余韻が、そうした浮薄な思想の連綿たる垂れ流しを可能にさせてきたわけだが、この風潮はまだこれからもしばらくはとどまることを知らないだろう。というよりも、これはファシズムがかつて唱道した独善的な理念が、意匠を変え現代に息を吹き返しただけのことであって、差延を続ける戦後空間（とりわけ日本のそれ）において、元来何の新味もそこには生じていなかった。だが、大衆の過半にとっては、それはシュミラークルな意匠でありつつ、しかし「全体」への帰属を遠い未来に約束する共同体内部の成員間の絆という心理的補償となって、渇望の対象たり得たのである。「世界は一家」という必ずしも日本のみに流通したわけでもなかった理想概念は、先般、グローバリゼーションの括りから発祥した種々の価値概念に取って代わられ、いよいよ軽率なスローガンでしかなくなった感もあるが、それが再び「絆」[*1]の語となり今の日本によみがえっている。

神話的な物語がもたらす暴力は、ファシズムや強大な国家権力の専売特許ではない。愛と平和を求める革命的闘争または日常的闘争においてさえも、それはこれまでも単発的ないし継続的な暴力装置を介して一定の脅威と影響を社会にもたらして来た。ベンヤミン論者の言葉を借りて、私も附記しておこう。神話はしばしば「幻惑と暴力の危険性をはらんだ偽りの秩序として立ち現れる」（『美の中断』村上真樹２０１４）と。21世紀の大衆は、やがてはサイバー空間に構築された暴力装置の中に、愛と平和をスローガンにした虚妄の理想概念を、無窮のノイズとともに投射することであろう。あるいはすでに「すべての人々が世界を分かち合っていると」想像《イマジン》する集団的善夢は、人間の実存を半透明な没知性の被膜で覆い尽くしているのかもしれない。

レニ・リーフェンシュタールの作品を、「美」の観点から再評価しようとする動きに対して、ソンタグが加えた断固たる批判は、明らかに「神話的なるもの」を貶め「神的なるもの」を称揚するベンヤミンの晩期神学思想を拠りどころとしている。「美」はいつも施政者たちのお気に入りであり、彼らの施策に必要不可欠な機略の飴であり、それと表裏一体のあざとき鞭でもあった。「美が隠し持つ強大な力」（前出、村上真樹）をわきまえずにそれを盲目的に崇拝するだけならば、我々は必ずや同じ轍を踏むであろう。[*2] ファシズムを可能にしたのは、まさしく「美」が具える「神話的なもの」すなわち、真理がそれを纏っているかのごとくに見せつける仮象の呪力であり、と同時にその呪力を盲目的に崇拝し可動化させていたエコノミカルな大衆の存在であった。

✶

ポストモダン以後、人類は「想像《イマジン》」の力で世界を、この地球を覆い尽くしてしまったかのごとき感がある。かつてA・アインシュタインが残した言葉の中に、「知識より大切なのは想像力だ。知識には限界があるが、想像力は世界を覆う。」（和訳はＮＨＫＢＳプレミアム『ザ・プロファイラー』「天才科学者の栄光と悲劇～アインシュタイン」２０１７年2月1日による）という、私にとって悩ましい箴言《アフォリズム》がある。これを英語で書くとImagination is more important than knowledge. Knowledge is limited. Imagination encircles the world. となる。このうち「encircles」の箇所が「is enveloping」あるいは「embraces」と書かれているものもあり、この三つを比較すると、些事ながら「想像力」をめぐる現代の問題、諸相が見えてくる気がする。

後者の動詞「envelope」が文字通り「包む、覆う、包むもの、外皮」で、ＮＨＫ番組内の和訳と近いのに比し、前者の動詞「encircle」は「取り巻く、取り囲む、回る」で、ときに「抱きしめる、抱擁する」などの意味を孕む。また三つめの「embrace」であれば、さらに「抱きしめる」の意味が強まる。じつはアインシュタインのこの箴言には前文があって、I am enough of an artist to draw freely up on my imagination. という前振りがある。したがって、正確には「世界を（想像力で）包み込むように抱きとめる」といった語感ではないだろうか。2017年に採用された件の箇所の和訳が「覆う」であったことは、決して偶然ではなかったように私には思えるのである。ちなみに齋藤孝『超訳こども「アインシュタインの言葉」』（18年）では、訳は「包み込む」になっており、「覆う」より多少ましではあるが、やはり「envelope」の方に近いから現代的語用だ。

この「覆う」という表現は、「知覚」が存在世界の表層に行き渡りはするが、決して世界と触れ合い、冒し合う（交渉する）ことにはならないことを意味する。「想像力」が世界の表層に張り付きtect《テクト》することで、知覚は世界を識別するには至るが、しかし、主体的な「思考」を棚上げしてもっぱら知覚に則した「想像力」は、現実の様態の不明瞭なもしくは部分的な像しか我々には与えてくれない。その経験（識別）は現実の本質には届かず「マトリックス（シミュラークル）」なレベルにとどまり、さらにはその「想像力」の活動が皮膜となって恒常化するため、逆に現実の本質的理解を歪ませる透明なバリアをそこに形成してしまうのである。

たとえばテッサ・モーリス・スズキが自論に用いる「想像力」の語には「批判的」という形容が冠され、「批判的想像力」なる語がポリティックに使用されているが、それは従来の語「想像力」だけでは、もはや現今の批評言説においてその効力を発揮し得ないという事態のいぶせき反映なのであろう。スズキは、70年代後半から80年代前半にかけて、世界的規模で「新しい知の体系」模索への試みが開始され、旧来の「知の領域」に関わる批判と破壊活動が行われていたとするが、彼女も触れているようにそれは60年代前後頃からすでに先行発進していたというのが実状であっただろう。日本では蓮實重彦に始まる表層論（『表層批評宣言』79年）とニューアカデミズムの台頭（80年代前半）が遅発ながら世界的な「知」の動向に矮小的《ミニマム》に感応し得たものであった。スズキは、旧来の――彼女の文脈では近代の――硬直した「知」の枠組みを超えて「再想像し直す」ことの必要を説くのだが、「「民主主義」や「革命」といった言葉は、その想像力を喪失した」と即断する無思慮な彼女の指摘、そしてそれを「再想像」で克服できるとする彼女の主張はおおむね絵空事に近いと断じられる。なぜなら彼女は、それを「世界を考察し描写し批判する新しい言葉群の創出への模索」「戦争と政治行動のための新しいフォーラムを切り拓いていく作業も含む」「過去と現在にかかわる洞察に意味を与えることができる新しい方法への模索を含む」（『批判的想像力のために』02年、全てp50、傍線引用者）などと述べており、企図（機略）なき仮構の「新しさ」に期待を膨らませているに過ぎないからだ。

そもそもこの「新しさ」を求める精神の志向そのものが、存在世界を「情報」の集積、「記号」の集合として把捉する認知の方法に囚われているのではなかったか。次々と増産される情報の膨大な奔流になすすべなく押し流され、「自らが自らであることの自明性が失われた世界」（前出、村上）において、主体や自己同一性を退け世界をフラットな視点で観望する表層的認知を事とする者らこそ、この「新しさ」を常に、絶え間なく狩り求めているのである。本当は彼らが望む「新しさ」など、もはやどこにもないのだ。フランツ・ラジヴィルの『新聞を読む人はもはや世界を見ない』（50年）にならって言えば、インターネットを凝視する者はもはや世界を見ない。『魔術的リアリズム』（88年）の種村季弘が言ったように、おそらく事物とは無関係に、それを超越して「恒常的に持続する何物か」がその背後にあるはずなのだが、我々はそれを情報認知の集積により派生したtectの透明なバリアに阻まれ、その本質からさらに疎外されているのである。我々はすでに「我々」としての断片でしかない。我々自身もまた、事物であるよりもまさに「情報」と化しているのだから。我々が事物であるとは、これを誰が定義できよう。たかが「情報」の分際で。主体的思考――P・ヴァレリーの言葉を借りれば「参画と忍耐」――を欠いた「想像力」は、もはや刺激であるとともに麻痺でもあるのだ。

＊

ジョン・レノンが推奨した「想像力」は、本来、サルトルがアンガージュマン（政治／社会参加）を提起したとき（48年）に、それを支える叡智の因子として、あるいはアンガージュマンの水先案内を務める思想的スキルとして、極めて前衛的な性格を具備したものであった。が、レヴィ＝ストロースとの論争（62年〜）以降、70年代のどこかの時点でサルトル思想の有効期限は失効してしまった（現在、再評価の動きもあるが私は悲観的だ）。

絓秀実が指摘しているが、70年代から80年代にかけての思想パラダイム、その変移過程は、「世界的に見れば、恥じることのない理想主義の失墜と相即し」たものであり、かつまた「大衆社会の爛熟それ自体が「理想」の実現であるかのごとき相貌を示すことによって、言説レベルの政治性といった問題が背後に退いていった」そのようなプロセスとして判じ得るものである。とりわけ日本においては、80年代はおおむね政治性の脱色が国民全体の深層的合意の上に成立した時代であり、その時代の前半を席捲していたニューアカデミズムという空漠たる思想の正体は、サルトル的「想像力」からジョン・レノン的「想像力」への転位――クリスタルな無知への投企――を背景として、流行りの西洋思想（フーコー、バルト、デリダら）を、それらが本来深刻に内蔵していたはずのキリスト教イデオロギーとの〈対決〉を凍結したまま、軽はずみな「知」のダイブで跳び越え、ライスカレー式の模造《レプリカ》を新奇な「ヌーベル・キュイジーヌ」として大衆（消費者）に提供したものであった。

したがってジョンの楽曲「イマジン」は、同時代において潰えつつあったアンガージュマンの一般化普遍化のために、彼が糞真面目に再発行した新たな「想像力」の片道切符だったとも言えるだろう。が、具体的な目的地（らしきもの）も復路もまかなえぬ「愛と平和」行きの「想像力」列車に飛び乗るのは、私としては御免こうむりたい。スラヴォイ・ジジェクが言うように「こんにち、われわれにとって危険なのは、受け身の姿勢ではなく、にせの積極性である。つまり、「積極的」でありたい、「関与」したい、事態の無意味さを糊塗したいという衝動である、人々はなんでも首を突っ込む、「なにかをする」。学者は学者で無意味な論争に関与する…。本当にむずかしいのは、前のめりにならないこと、身を引くことである」（ジジェク『暴力』）からだ。

註解

＊1　この「絆」の語は、最近では是枝裕和監督の『万引き家族』［2018パルム・ドール賞］でも重要なモチーフとなっており、それが世界的な評価を受けた要因にもなっていることに論者は引っかかりを感じた。この作品の魅力は子役二人と安藤サクラ［妻役：信代］、樹木希林［祖母役：初枝］ら俳優の存在感に多くを負っているが、画面が醸し出す「熱量」（中条省平）のようなものも見過ごせなく、特に撮影カメラと照明が創出する画面のアトモスフィアは濃密なスープを飲んでいるような錯覚を覚えさせた。是枝監督曰く「リアリズムに寄りすぎず、日常から少し浮いた、寓話性みたいなものが撮影に乗っかるほうがいいんじゃないかって。それを受けて藤井さん［照明担当］のライティングも、青や赤といったひとつひとつの色が寓話的に見える方向へ寄せていってくれました。」。だが、作品の後半、初枝（樹

木希林）の「死」以後、画面の「熱量」は急速に減衰し、それとともに血縁のない家族＝非家族の「絆」というモチーフがやけに理屈ばって説明されていく展開［殊に収監中の安藤サクラがカメラに向かって語る理屈先行の弁明］となり、論者はいささか鼻白むものを感じた。親子の血縁的「絆」という旧来のパラダイムを解体（あるいは批判）すれば良いというわけでもなく——もちろん是枝監督もそう思っているわけではないのだろうが——、「家族は自明ではない」（前出、中条）という問いかけ＝命題は、この作品においてそれほど功を奏しているようには思えなかったからである。

　カンヌ映画祭が、なぜこの作品に栄誉ある賞を与えたのかということをもう一度思量すれば、それはこの映画で描かれている「家族」（血縁で繋がっていない非家族の家族）が、今日の西洋の国民「国家」の深層的な意味での写し絵であったからではないかという憶測が浮かんでくる。作中で安藤サクラは照れたように二度繰り返す。「絆…（はにかんだ笑顔）…絆」と。おそらく西洋人にとっては、この「絆」（英語字幕で the bond）は〈契約・同盟〉または〈束縛・拘束〉のニュアンスが強いであろう。実際、日本でもこの語「絆」が人と人との〈親愛な結びつき〉の意で用いられるようになったのは歴史的にも日が浅い。民主国家の確たる存立に苦しむ現西洋の精神風土にとって、この映画はしたがってある種《オリエンタリズム的な視線による新たな「きずな」の再発見》という意味合い《コンテクスト》があったように思える。たとえば子役の二人は西洋人にとって、最初の一人は労働力として誘拐＝拉致した奴隷であり、だから不当な労働＝万引きをさせる。二人目の子供は難民的移民であり、それをヒューマニズムに基づき救済し受け入れる（だから万引きはさせない）。が、やがてこのように矛盾を内包し、バラバラのベクトルで飽和した家族＝共同体＝国家は第一世代（祖母）の死後、崩壊する、と言ったような妄想までたくましくできてしまうのである。この作においてもやはり「絆」の語用は、神話的な相貌、拘束から自由になり得てはいない気がする。

＊2　近年、女優の二階堂ふみが、自分の好む映画の一つに『意志の勝利』をあげ、「ここまで素直に人を死に向かわせる映画は他にない」「〝あの時代の今〟を撮ってくれた監督として、この方《かた》はすごい」と評していた（『観ずに死ねるか！　傑作ドキュメンタリー88』２０１３）。彼女の映画評を最初一読したときには、さほど気にならなかったのであるが、しかし、今では非常に無視できない問題を感じる。彼女のような若い世代のこうした賛嘆の在り方こそが、現代性を象徴するものだと言い得るからだ。
彼女は『文学界』（２０１５年９月号）でも、ほぼ同様の内容を――発表場所が文芸誌だけにややトーンが抑えられているようにも感じたが――述べており、またその記述は、彼女の故郷沖縄での祖母の戦争体験（の聴き取り）を踏まえたものでもあったので、そこにはそれ相応の説得力が備わっていた。だが、『意志の勝利』は本当に〝あの時代の今〟を撮っているのだろうか、という疑問は彼女に突きつけざるを得ない。なるほど映像は、たしかにあの時代の「今」を切り取っている。これはほぼ間違いのないところだ。だが、映像（動画）はそれを編集することによって、意味を肯定にも否定にも、善にも悪にも変幻自在に変えることが可能であり、それが動画というメディアの本質的特性であるということを彼女が知らなかったとは言わせない。実際に起こった現実の一部を選択して切り取り、それをつなげて作り上げるドキュメンタリー映画であれば、それはなおさらである。虚構（作品）でありながらもそれが事実性を前提として成立する「美」を構築しようとするものである限り、その「美」

の前に圧倒され、熱狂するだけでは「物語」の神話的暴力に自らも加担してしまうことになる。現に彼女自身もこう言っているのだから、無自覚ではない。「私もあの時代のドイツにいたら、何の疑いもなくヒトラーに熱狂してたでしょうね。そう思わせるところがこの映画のすごいところであり、恐いところなんだろうな」と。切り取られた「今」は、事実性がすでに解体されてしまったところの断片であり、その断片は事実そのもの＝真実であるとは言えない。だからその構築された「美」を「圧倒的な説得力」（二階堂）だと指摘するのは決定的な間違いではないが、少なくともそれを陶酔の対象として盲目的に崇拝する愚は避ける必要があるだろう。「ドキュメンタリーだって嘘はつけるんです。」（前出『文学界』）と彼女も一応言ってはいるのだが、その嘘を受け入れるか否か、どのような受け入れかたであるかについては彼女も言葉少ななのである。戦争の悪しき実態、事実から目を背けてはいけないと彼女は言っているが、それに着目し凝視することには常に判断評価が伴うはずだし、べきである。「すごい」と言う彼女の制作者（監督）への評価は半ば敬意に傾いているのではなかろうか。若者にとって遠い過去の歴史は、いわゆる「想像力」が及びにくく、歴史的事実は容易に「物語」として書き換えられ、受容されやすい。尤も、女優である彼女にこのような発言を何度もさせている周囲（単行本や雑誌『文学界』）のほうにこそ、根深い愚かしさがあったようにも思うのだが。

ロベルト・ボラーニョについて

①「通話」

✶

「生の意味」は、事実、長篇小説がそれをめぐって動く中心となるものである。しかし生の意味を問うとは、途方にくれた状態であることの分かりやすい表現にほかならない。

（ヴァルター・ベンヤミン「物語作者」）

いわゆるニーチェの「二人でいる孤独《ツヴァイザムカイト》」は、そのままボラーニョの短篇「通話」の内実に当てはまる。底知れぬ孤独。永遠の乖離。それでいて悲劇ではない。ピリオドがなく、日常は変わることなく続く。死滅に至るまで。凡庸たることが主題である悲劇など、やはり悲劇とは呼べない。喜劇《スラップ》か、はたまた生きながらの地獄か、煉獄か。ただしどこまでも無機的で、どこまでも平穏《コンスタント》で。これが本当の、これこそ真実の悲劇である、と言えば言える。

「通話」は、ボラーニョの第一短篇集『通話』（97年）に収録されているおよそ5ページ半の小品である。単行本のタイトル作品であるにもかかわらず、未だこの作品を真正面から論じた者はいない（少なくとも日本では）。おおかたの読者は、冒頭の「センシニ」が良いとか、「芋虫」「刑事たち」あたりを褒めそやすであろう。短篇の名手芥川龍之介の「羅生門」や「鼻」と較べても、「通話」の文字量（翻訳での分量比較）は半分以下である。この短さでは機知的な寓話か断片的な小話が精一杯と考えるのも、あながち間違いではない。（**＊カフカなどはもっと短い小品を数多く書いているが、それらの寓話的な短篇作品と異なり、ボラーニョのそれはあくまでも日常現実の世界をリアルに描出している**）。

実際、作品内にはプロット（粗筋）に関わる叙述以外はほとんどなく、もの思わしげな情景描写や饒舌な比喩表現なども皆無に等しい。唯一、終わりに近い場面、主人公のBが吐き気を覚えてトイレに駆け込んだときの〈大便器〉の描写が、ボラーニョらしい「不気味なもの《Das Unheimliche》」をいびつに湛《たた》えている。フロイトの不安体験のように。謎めいた既視感。「生」の裏側からつたい漏れてくるニヒルな霊たちの哄笑。「蓋の開いた便器は、まるで歯が一本もない歯茎が自分を笑っているように見える。自分か、誰かか、とにかく誰かを笑っている」。このとき主人公Bは、己《おの》が人生に完膚なきまでに打ちのめされており、いっそ神から直接打ちのめされたいと思うほどの状況にある。恋人Xの死。とはいえすでに恋人関係ではなかった。別れてからかなりの年月が経っている。二人の年齢はわからない。わからないがおそらく二人は30代後半か40代（ちなみに短篇集『通話』が出版されたときの作者の年齢は44歳）。年齢が不詳であることにも意味があるように思えてくる。過去の恋愛を引きずっているが、決して以前のように愛し合うことはない。どこにでもあるありふれた話。そもそも本当に愛し合っていたのかどうかさえも。そのことがまたBを苦しめている、というように心理的にはきわめて平易な恋愛譚である。

恋人Xを殺した真犯人が、物語の最後で明らかになるという設定も、ボラーニョらしい探偵小説を思わせる作品構成である。男女二人の恋愛、絆、あるいは腐れ縁がメインテーマであり、それを犯罪的《クリミナル》な気配が重苦しく包み込んでいる。

いま言ったように、物語のラストで犯人の正体がわかるのだが、しかし、それも恋人の兄から電話で知らされたつい今しがたの情報であるから（主人公は事実確認をしていない）、それが本当（真実）なのか否かについては、最終的には読者に委ねられることになる。深読みの読者ならば、おそらく密かな疑念を抱くだろう。というのも、語り手はその少し前（約1頁前）に、はっきりと次のように述べているからだ。「目が覚めたとき、Bは殺人犯の正体を知っていると思う。彼は犯人の顔を見たことがあるのだ」と。にもかかわらず、犯人逮捕の知らせを電話で伝えてくれたXの兄に対し、Bはあっさり「それは良かった」「お電話くださってありがとうございます」としか言わない。犯人が捕まれば、もはやそれが誰でも良いということなのだろうか。それとも詳しく聞くことは遠慮した、聞きたくなかった、聞くには及ばない、ということなのか。何れにせよ電話はそこで打ち切られ、「Bは一人になる」（作品も閉じられる）。読み手は主人公とともに、読後、自分が属する世界から爪はじきにあったような痛切な孤独感に襲われることになる。

ところで、探偵小説風の装いを呈しながら、この作品には結局ミステリアスなドラマが一切なかったことに気づく。というか、この作品において通俗的な意味でのミステリーの要素、ドラマティカルな要素は作品最終部に至ってすべて打ち消され、無効化してしまうのである。恋愛のドラマ、犯人をめぐるドラマ、人生苦悩のドラマ。読者はおそらくこの作品に、幾つかの人間ドラマを嗅ぎとりながら読み進めていくに違いないのだが、気づけば最後には、砂が手をすり抜けるように何もなくなっている。無人の曠野に立ちつくすように、読者もまた「一人にな」ってしまうのである。

そうなのだ。人生に（というかこの現実世界に）本来ドラマはない。ドラマはしょせん、人間が創り出した後付けの文彩であり虚構でしかないのだから。人は荒涼とした索漠に耐えかねて、記憶を歴史に変え、歴史を物語に変える。物語として記憶を享受しそれを後続世代に橋渡しすることで、この「生」の耐え難さ――実存に、辛うじて踏みとどまることができるのである。

ドストエフスキーは、新聞の三面記事のなかにこそ「真実」があると述べ、小説の素材を市井の俗事に捜し求めたが、しかし、もしも事実や経験に――美的または倫理的な意味で――その位階や尊卑を問わないのであれば、どこにでもドラマは存在することになるし、裏返せばどの瞬間においてもドラマは存在し得ないことになる。われわれの眼の前を通過するのは、「記号」と「情報」の寄せ集めでブリコラージュされたスペクタクルの外観だけ、ということになるのだろう。そのような美も倫理もおぼつかない枠組みのもとでは、ドラマの価値は間違いなくなし崩される。

短篇「通話」が表出している世界観――孤独は、おそらくドイツ発祥の魔術的リアリズムに根ざしている。（＊「魔術的リアリズム」の定義は難しく、表現主義をその源流と見る見方もあるし、１９２４年のシュールレアリスム宣言に集約されていく欧米の多様な前衛芸術運動の総体・潮流全般を指すとする見方もある。たとえば寺尾隆吉は「文学における魔術的リアリズムの起源を無理してここ［文脈を読むかぎりポスト表現主義＊補説：原］に求めると、かえってその本質を捉え損なうことになる。」としている。性急な定義は拙速かもしれないが、私自身はニーチェ思想に影響を受けた表現主義を淵源とするドイツ発祥の前衛芸術運動と捉えている）。ガルシア・マルケスを代表とするラテンアメリカ文学が、この魔術的リアリズムに多大な影響を受けていたことはよく知られているが、後発世代のボラーニョもまた例外ではなかった。ただしボラーニョの場合、マルケスやカルロス・フエンテス、ホセ・ドノソのような神話や伝説、奇譚に材をとった60年代以降のいわゆる「ラテンアメリカ文学ブーム」世代の作品傾向ではなく、20年代の「ノイエ・ザハリヒカイト（新即物主義）」やその淵源であるドイツ表現主義、さらにはニーチェ、ユンガー、クラウス、ベンヤミン等の哲学・思想に根を下ろした作風としての魔術的リアリズムである。後発世代でありながら、80年代（30代後半）までを前衛詩人として生き、欧米の広汎多彩なアヴァンギャルドに通暁していたボラーニョは、前衛の有力な淵源の一つであるドイツ語圏の芸術、思想への志向を、果断に把持する作家であった。

　これは、とくに目新しい指摘ではない。ボラーニョは96年の『アメリカ大陸のナチ文学』では、ナチの残党や極右思想の持ち主たち、神秘主義者などを各主人公として、そこに実在の人物を混ぜ込みながらまったく架空の「右派作家人名事典」なるものを作り上げ、ドイツ思想の隠微な影が、第一次世界大戦前後から中南米にいかに奇怪なイデオロギーと猥雑な芸術概念を間歇的に撒き散らしてきたかをアレゴリカルに描出して見せていたし、同年の『はるかな星』では、軍事クーデター（73年）以後のピノチェト将軍によるファシズム政権下の虐殺を、カルロス・ビーダーという空軍パイロットにして連続猟奇殺人者《シリアルキラー》の架空の半生を追うことでメタフォリカルに転喩して見せた。この傾向は、彼の小説家としての初期段階にとどまらず、その後の『野生の探偵たち』や『２６６６』のような後年の長篇大作にも受け継がれている。

　とりわけ『はるかな星』には、その傾向性が強く滲み出ている。先のピノチェト将軍のクーデター政権は、アメリカＣＩＡの策謀でチリに擁立された独裁軍事政権であったが、その軍事政権の政体にはじつはナチズムの影が色濃く反映していた。**（＊色々あるがたとえばチリの軍隊組織はナチス親衛隊を手本としていたなどすでに周知の事柄は多い）**市民の大量虐殺**（＊3千人とも4千人とも言われているが厳密な数は不明）**や数万人規模の拷問、百万人以上の海外亡命者をもたらし、左翼共産主義思想への憎悪を徹底培養したピノチェトイズムは、ドイツ発祥のデモニッシュなイデオロギーに裏打ちされていたと言っても過言ではない。**（＊ボラーニョ自身、この**

クーデターを直接体験しており、命からがらメキシコに逃げ戻った経緯はブログ記事等［たとえばAribaba39・ブログ2013年10月1日］に詳しい。身をもって体験したファシズムの脅威やそれがもたらす暴力への恐怖が、ボラーニョ作品の随所に反映し、そして喩化されている。ちなみに近年、クーデター下におけるボラーニョのチリ帰国は虚構だとする説も出てきたが、妻カロリーナの談話記事などもあるので、やはり当面チリ帰国は事実だったとしておく）。ボラーニョの『第三帝国』（89年）や『象の道』（81‐82年、のち『ムッシュー・パン』に改作、99年）などの初期作品においてすら、ドイツの思想的あるいは文化的な暗翳が多量に混入しており、ツェランの〝死はドイツから来た名手〟（「死のフーガ」飯吉光夫訳）を散文形象化させていく道を、地で歩んでいたのがまさに後期ボラーニョの文学であった。

だから「通話」の中の次のような何気ない叙述（描写）にも、前年の『はるかな星』で表象されていたメランコリッシュなニーチェ思想の影がよぎっている印象を感知せざるを得ない。Xとの二度目の別れの後、Bが自宅に戻り彼女に電話をかけたときの場面《シーン》である。

その日の夜、BはXに電話をかけ、夢の話をする。Xは何も言わない。翌日、BはふたたびXに電話する。その翌日も。Xの態度はだんだん冷たくなり、まるで電話をかけるたびにBが時のかなたへ遠ざかっていくかのようである。僕は消えつつある、とBは考える。彼女は僕を消しつつある、自分がしていることも、なぜそうしているかも分かっているのだ。（傍線引用者）

たとえ電話で繋がっていても、あるいは再び寄り添って暮らしたとしても、二人は孤独である。だが、この二人の孤独は交信回路《コミュニケーション》が切断されているわけではない。かといって、電話で細々《ほそぼそ》と〝繋がり合っている〟というのでもない。[*1]「二人でいる孤独《ツヴァイザムカイト》」は、「「悲劇」さえもがもはや成立しない相互の疎外状態」（種村季弘）を示唆しているのだ。愛し合っている（と思っている）ならばなおのこと、相互の孤独は研ぎすまされる憂き目に遭ってしまう。この孤独は、ニーチェのあの「星の友情」を想起させるものである。

> われわれが疎遠にならざるを得なかったのは、われわれを支配する法則である。〈略〉…多分われわれの非常に異なるさまざまな道や目標が小さな行程として包含されているかもしれない巨大な、眼に見えない曲線や星の軌道が存在するのだ、〈後略〉…
>
> （ニーチェ「華やかな知識」279番、酒田健一訳）

単純に、主人公Bが彼女の元から遠ざかり、逃げ出すということではない。彼女が彼を嫌って遠ざけたというのでもない。尤も、プロットの上ではそのように読むことも可能だ。だが、それは語られた出来事の表層的な流れ（筋書き）に過ぎず、じつはBは彼女への執着を断ち切れないでいる。たとえ心は離れてしまっても、体が離れようとしない感じ。これもありふれた話である。

さて、ありふれた話でないのはこれからだ。Bは半年後に再度、電話をかける。何度かの不毛な会話のやり取りの後、さらにもう一度電話をかけ直し、今度はBのほうからは一切話さない。沈黙。彼女の誰何《すいか》を問う声。そしてさらに沈黙。

時間——BとXを遠く隔てる時間、Bには理解できない時間——が電話越しに流れ、圧縮され、引き伸

ばされ、その性質の一端をのぞかせる。(傍線引用者)

作者はさりげなく書いているが、このように書かれているBとXは、さながら別々の惑星に住まいする異人《エイリアン》のごとき存在である。「電話をかけるたびに」Bが(Xがではなく、Bが、だ)「時のかなたへ遠ざかっていく」のは、心理的であるというよりもいっそ科学的・物理的な出来事なのであり、ニーチェ流に言えばそれは「宿命」という名の「必然」すなわち「法則」なのだ。二人を分かつもの、疎外させ合うものは、じつはこの「時間」の共約不可能性に他ならない。「時間」は種《しゅ》とともにナイーブに存続しつづけるが、個別に分枝もしていて、各人はみずからの固有の「時間」も生きている。降誕《はじまり》のときからわれわれは、種と別のもう一つの時間を合わせ持っており、まさに「死が二人を分かつまで」それは持続する。それこそが、「われわれを支配する法則」なのだ。

しかし「人間的、あまりにも人間的」な二人は、言うまでもなくこの「法則」を乗り越えるすべを知らない。そして破局は突然のXの死、それも「殺人」という形でBを襲うのである。数日後、警官が二人、Bを訪問し事情聴取をする。作者の叙述は見事なまでに徹底されている。「最初、Bは打ちのめされるが、やがて自分がその容疑者にされているのだと知り、生存本能が目を覚まして身構える」。非常にドラスティックな書き方である。Bは終始、自分のエゴイズムの発動を冷徹に監視(観察)している。「ときどきBは、」一人でいるときやXの寝顔を見ているとき、「これではたしかにどんづまりだと考える。ある種の解毒剤として過去の恋を思い出そうとし、Xなしでも生きていける、僕一人が助かることもできるのだと自分に言い聞かせようとする」。「Bは心を込めて献身的に世話をするが、ぎこちなくもある。彼の献身は、本物の恋をする男の献身ぶりを模倣しているのだ。やがてBはそのことに気づく」（各傍線引用者）。前後の文脈をよく読めば分かるのだが、このときBは自らを卑下しているのではないし、悪者ぶっているのでもない。宿命や神の導き手というものがあるのなら、まさにこれはそうした種類のものでしかなく、二人の関係は宿痾のように、悪因縁のように虚無または破滅に向かって突き進んでいるのである。（しかし決してドラマティックではない。）

＊

ところで、この作品で用いられている心理描写の手法は、意識の流れや内的独白といった20世紀小説のそれとは異なる。かといって、19世紀の心理主義小説ともやや異なる。この作品の語り手は、揺れ動く心理のただ中やその直後に、臨場（生動）感をともなう視点を導入して実存的《リアル》な「生」を捉えようと目論むのではなく、すでに何もかもが終わった時点において過去の「生」を反芻している。叙述は現在形だが、明らかに語り手は過去の記憶と経験を咀嚼し、それらが熟《こな》れ、血肉化するための助走の時間を（それとは目に見えぬよう）内含させているのである。これはベンヤミンが説く「物語作者」の、今日では失われつつある稀有な「物語る能力」に他ならない。忍耐強い、職人気質で「没我的な努力」による周到な時間の錬磨。その錬磨によって描出されたものは何かと言えば、それは現代人がほとんど見失い、古い書物のなかに葬り去ってしまった叙述の対象＝「罪の意識」である。先にあげた「通話」の幾つかの心理描写が現出させていたのがこの「罪の意識」であり、主人公Bは、Xの「死」以後のどこかのある時点から、彼と彼女の半生をその「罪の意識」とともに観望している。あえてニューアカ的な、軽佻な言い方をすれば、それはスキゾではなくインテグレートされた心理の眼差しであり、しかもその心理の眼差しは過去の現実の堆積物（彼らの年代記あるいは地層、年輪）から濾過され、抽出された原型的な倫理意識の顕現に他ならない。

Bは恋人Xの「死」に、なまなかでは表出しえぬ深い悔恨と自責の念をおぼえている。とはいえ、じつは彼女の「死」について、Bには取り立てた落ち度や不誠実がなかったことは明らかである。だが、それでもなおBは彼女に後ろめたさを感じ、その想いにいつまでも囚われている。これはごく普通の感情でもあるのだが（＊**生き残った者の気まずさ、罪の意識は、たとえばあの3・11のときも、われわれは被災者の声に類似の告白を数多く聴いた**）、しかし度を越せば、それを近くに見る第三者は日常への復帰をうながすために彼を説諭し、時にはたしなめさえするであろう。その類の苦悩は誰もが共感できる事柄である。だから（たしなめられないように）、この語り手は倫理的な「罪の意識」を、あたかも夜空に小さな星を画き添えるようにしてさりげなく点描してみせる。たとえばXとの二度目の別れの直後、Bが寝台列車に乗り悪夢を見たときの一連の心理的描写《シークエンス》などは、読み手を切なくも息苦しくさせるものだ。

> Xは駅までBを見送りに行く。二人の別れは優しく絶望的である。Bは寝台列車に乗るが、夜遅くまで眠れない。ようやく眠りに落ちると、一人の雪男が砂漠を歩いている夢を見る。雪男は挫折すれすれの道を、おそらく挫折に向かって歩いている。だが、雪男はその事態に目をつぶることを選び、その抜け目のなさが彼の意思に変わっている。夜、星々が冷たく照らす砂漠を雪男は歩いていく。目が覚めると（もうバルセロナのサンツ駅だ）、Bは夢の意味（というものがあるなら）にピンと来て、ほんの少しだけ慰められながら家路につくことができる。（傍点／傍線引用者）

砂漠がXの寓喩《アレゴリー》であることは、この時点ですでに歴然としている。（＊Xの死後、Bは再度同じ夢を見、そのとき悪夢の謎が解き明かされるが、この時点でもわかる人にはわかるはずだ）。雪男であるBは、もはやXとの関係を直視することができず「目をつぶることを選」ぶわけだが、「その抜け目のなさが彼の意思に変わっている」とは、恐ろしいほど辛辣な自己凝視である。（＊この主人公は常に意識的であり、主体的だ）。不毛な砂漠を見捨てることもできず、さりとて直視することもできずに惰性で「挫折に向かって歩いている」自分のそのずるさに気づくことが、彼を「慰め」た＝救った、という自嘲なのであろう。その「挫折すれすれ」の、自己欺瞞をともなう砂漠の「道」を、夜空の「星々が」冷たく照らしている。

「星」は「彼方の地」とともに表現派の憧れの対象だったが、第一次大戦後のノイエ・ザハリヒカイト（新即物主義）のときにはすでにそのロマンティックは「斥けられ」ていたと書いたのは種村季弘である。が、表現派の詩人ゴットフリート・ベン（1886〜1956）などは、すでに第一次大戦の前から、人間の文明とそのデモニッシュなからくりを見届ける立会人として、「星」の位格《ペルソナ》を、ロマン主義的夢想を怜悧に突き放し対象化する素材として屢々用いていた。デビュー作『屍体展視所』（1912）の冒頭作品「小さな紫苑」は、ボラーニョ『はるかな星』とも類縁性を感じるので、以下に紹介しておこう。

小さな紫苑（原題：Kleine Aster）

溺死した麦酒運び《ママ》が解剖台にのせられた
その歯並みに濃いむらさきいろの紫苑の

花をいつぽんつめこんでおいたやつがある
皮膚のしたがわを
胸部から　ぼくが
ながいメスをあてて
舌と口蓋とをきりはなしたとき
その花を銜きおしてしまつたにちがいない
となりの脳髄にすべりこんでいたものだ
縫合するとき
おがくずをまぶして
胸腔にとじこめてやつた
飲めよ　たつぷりその花瓶のなかで！
憩いをとれよ　やすらかに
小さな紫苑！

（深田甫訳）

医師でもあったベンの詩には、医学用語や科学的表現があふれている。たとえば第二次大戦後の「詩の切れ端」（51年）には「学術　それはパルテノンの鋳われ／プランクは　しおれた姿で／ケプラーやクェルケゴールのもとへ／量子論をかついでかけさつた――」という瑞奇な一節があるが、初期の抒情詩にも「地球が太陽から生じ／月にまでなつたと思えるか」（12年）といった宇宙的視野の作品が多い。**（＊なお、この傾向はベン一人に限**

られたことではなく、表現主義全般にわたって見られる傾向であることは前にも述べた）。「小さな紫苑」の「紫苑《シオン》」は、学名をAster《アステル》 tataricus《タタリース》（アステルはギリシャ語で「星」、タタリクスは「タタール（韃靼）」の意）。明らかに「星」と「異郷」を意識したタイトル・キャストであり、この詩人は、19世紀科学に基因する人間精神の崩壊がもたらす破局《カタストロフ》の見届け人として、解剖中の「屍体」に「小さな星」を随伴させている。

ベンの「小さな紫苑」の約一年前、同じく表現派のゲオルク・ハイムもまた、同根の疎外感にまみれた孤独の意識を詩に描いている。

屍体公示所（原題：Morgue）*2

（前半大幅に省略、最終3連のみ）

ぼくらは　誰にも聞かれぬ単語のようになるのか？
それとも　夕ぐれの空にゆらぐ煙に？
それとも　喜ぶ人らを不意にさえぎるすすり泣きに？
それとも　夜を照らす灯に？　それとも　夢に？
それとも――ああ　誰も来ないのだろうか？
ぼくらはやがて徐々に崩れていくだろう、
雲の上を高くざわめきすぎる
月の哄笑を聞きながら、

ぼろぼろに崩れて無に帰するだろう、
――ああ　いつかぼくらの偉大さも
ひとりの子供のひよわな手に
まるめられ、にぎりつぶされることだろう。

生の影（原題：Umbra Vitae）

人びとは　表の街路にとびだしたまま
黄道帯の大きな星座を見あげている。
そこには彗星が　火の鼻づらをつきだして
尖塔のまわりを脅かすように爬（は）っている。
家々の屋根にひしめく星占い師、
空に大きな望遠鏡を突き刺している、
魔法使いたちが、大地の穴から生えて出て、
暗がりに身を傾け、ひとつの星を呪現する。

（二詩とも本郷義武訳／傍線引用者）

アインシュタインの相対性理論（１９０５～１９１６）を待つまでもなく、すでに19世紀の科学は人間精神の基層を淫靡に浸蝕し、加えてニーチェにより「破棄されてしまった従来の精神的価値が、それに代わるべき価

値をみいだせないまま空無状況にある、いわば存在論的虚無意識」（早崎守俊）を蔓延させていた。望遠鏡を扱う天文学者が、占い師や呪術師に見えてしまうのは、科学と神秘が同居しているだけでなく、二つが相互に反発し混沌《カオス》化している事態に対する無意識の反問でもある。

ハイムが「生の影」に描くハレー彗星は、1910年5月に地球に最大接近し「世界の終末」（Weltende）意識をさらに駆り立てたが、そこには当然「黙示録的な世界観」も混入していた。人間が佇立する大地は無限に存在する「星」の一つ（そしてその外層）でしかなく、しかもそれは軌道を運行する神の在《いま》さぬ船（ノアの船《アーク》よりも幸薄い）であり、人間は出口なきその船に囚われの身となった乗員でしかない、とする意識が表現主義芸術家たちを不合理な内面性の探求へと向かわせたのである。

「二人でいる孤独《ツヴァイザムカイト》」は、「疎外」と「連帯」とがアンビバレンスに複合した語でもある。ボラーニョは、祖国で樹立された社会主義政権（アジェンデ大統領）を支えるためチリに一時帰国した経歴を持つわけだが、若き日の彼は、資本主義の発祥とともに成立したとされる人間の「疎外」を、「連帯」の力で乗り越えようとした熱き左翼闘士でもあった。だが、その熱情（挑戦）は先述したようにピノチェト将軍のクーデターにより蹉跌し再び亡命、その後25年の時を経て1998年に、とある文学賞の審査員として招待されるまで、祖国の命運は遠く彼方の星を眺めやるごとく、時空を別した異国の果てから眼差すほかなかったのである。

はるか僻遠の祖国には、『チリの闘い』（1975–1979）で知られるパトリシオ・グスマン監督の「アタカマ砂漠」（*『チリの闘い』のラストを締めくくる光景《シーン》であり、同時に監督の心を喚起し続けてきたディストピア）があり、近年その砂漠は同監督の『光のノスタルジア』（2010）という傑作ドキュメンタリーで世界から注目を集めたが、むろんボラーニョ死（03）後の作品であるから直接の影響関係はない。しかしながらその砂漠は、ピノチェト支配下の弾圧で捕われた罪なき市民たち（＊もう一度書くが死者・行方不明者は3千とも4千とも言われている）が連行され、虐殺され、埋められた場所であり、その死者たちが初めて発見されたのが90年、その後現在に至るまで遺族の手により次々と掘り返されているのだから、ボラーニョがこれを知らずして「通話」（97年）を書いたはずがないことはあまりにも明らかだ。ちなみに『光のノスタルジア』では、現実の遺族たち（ほとんどが妻、姉、母の女性たち）が今も（そう、今も）自分の家族や肉親の遺骨を、永遠の苦患に耐えつつ彷徨《さまよ》い人《びと》のごとく広大な砂漠で探索し続けている姿が、フィルムに克明にとらえられている。

映画の終盤で広大な砂漠で延々と遺骨を探し続ける老女が「生きている限り掘り続け、掘り続けるために生き続ける」と語り、両親が自分の身代わりとなって抹殺されてしまった娘は、生かされたことへの感謝を語る。静かな語り口だが、あのピノチェト政権の弾圧の残酷さが観る者の胸に迫ってくる。

（土井敏邦「WEBコラム」より）

アタカマ砂漠の「平均標高は2千メートルにも達し、その過酷さからアタカマ砂漠への道は『死への道』と恐れられた（Wikipedia）」という。有数の乾燥気候、晴天率の高さから、世界中の天文台が集まる場所で、世界で最も星に近い場所としても知られている（ちなみに有名なアルマ望遠鏡の建設地は標高約5千メートル）。

この砂漠と星を主題としたドキュメントには、地中に埋められたピノチェト軍政下の無辜の犠牲者たちの霊魂が彷徨い、その遺体を掘り起こそうとする遺族たちもまた砂漠の中で彷徨っている。死によってすでに分かたれている両者が今後巡り合うのは、奇跡に近い確率であろう。先の老女は「掘り続けるために生き続ける」と語った。これは残された者としての普遍的な「罪の意識」をトレースする行為であるとともに、生きて掘り続けることがそのまま彼女の「生」の証であり、そして何よりも彼女が、過去の時間と記憶のすべてを集約・統合《インテグレート》して後世に伝える重大な語り部の役（仕事）を果たしていることを示唆するものでもあった。（＊実際に、作品内のインタビューで老女はそれに類した発言をしている）。

グスマン監督は言う。「天文学者にとって、現在とは過去から届けられるものだ。星の光がわれわれのもとに届くには、何十万年もの時間がかかる。だから天文学者はいつも過去を見つめている。歴史学者、考古学者、地質学者、古生物学者、そして行方不明になった肉親たちを探す女性らも同じ。彼らには共通点がある。過去を観察することで、現在と未来をよりよく理解しようとしているのである。不確かな未来と対峙するわれわれを、ただ過去だけが照らしてくれる。」と。

（＊ちなみに『２６６６』の主要登場人物の一人であるインゲボルグは、最終章で最重要人物のアルチンボルディと次のような会話をしている。グスマン監督の右の言葉は、もしかするとこの会話の一節から影響を受けているかもしれない。⬇…「わたしたちは山にいるわ」とインゲボルグは言った。「でも過去に囲まれてもいるの。あの星すべてのことよ。分かるわよね。あなたは賢いから」／「分かるって、何を？」とアルチンボルディは訊いた。／「星を見て」とインゲボルグは言った。／彼は空を見上げた。たしかにたくさんの星があった。その後、インゲボルグのほうを見て、肩をすくめた。／「僕はそんなに賢くないんだ」／「あの光はどれも死んでいるのよ」とインゲボルグは言った。「あの光はどれも何千年も何百万年も昔のものなの。過去のものなのよ。あの星が光を放ったとき、わたしたちはまだ存在していなかったし、地球上に生命はなかったし、地球すら存在していなかった。あの輝きはものすごく古いものなのよ。過去なの。わたしたちは過去に囲まれてる。もう存在していないもの、思い出のなかにだけ存在しているか、今あそこにあ

るとされるものがわたしたちの上で山や雪を照らしていて、わたしたちはそれを避けられないのよ」…)。

グスマン監督の、この時間と過去、現在をめぐる指摘は、「物語作者」を書いたベンヤミンの記憶と時間、経験に関する思想ともきわめて酷似している。ここではベンヤミンの思想解説にあまり長くかかずらうこともしたくないので、最も良きベンヤミン思想の理解者であるスーザン・ソンタグに、ベンヤミンの時間と記憶についての洞察を短くまとめてもらおう（**＊併せて言えば、ソンタグは最も早い時期の、ボラーニョ文学の理解者の一人でもあった**）。

　ベンヤミンは想い出せる過去のすべてが未来を予言するものと考える。なぜならば、記憶の力は時間を崩してしまうからだ（自分を逆向きに読むこと、彼は記憶をそう呼んでいる）。〈略〉記憶は過去を舞台にのせることによって、出来事の流れをタブロー画に変える。ベンヤミンは過去を取り戻そうとしているのではない。過去を理解し、それを空間的なかたちに、未来を予言する力をもつ構造に圧縮しようとしているのだ。

（「土星の徴の下に」傍線引用者）

ボラーニョ（語り手）は、彼女（X）とBとを隔てているもの、それを「距離」ではなく「時間」として捉えている。再度、件の箇所を引用したい。

　時間――BとXを遠く隔てる時間、Bには理解できない時間――が電話越しに流れ、圧縮され、引き伸ばされ、その性質の一端をのぞかせる。（傍線引用者）

「ここまではありふれた話だ。」と語り手はこの叙述のすぐ後で言うのだが、すでにありふれた話ではなくなっている。「時間」が「圧縮され」「引き伸ばされ」るという感覚の記述は、彼女との心理的距離ないしは出来事を、抒情的《リリック》にあらわしたものと解することもむろん可能ではあるが、そのような情調を表象していると言うには、この一連の叙述はあまりにもドラスティックだ。「その性質の一端をのぞかせる」とは、もはや哲学的、あるいはSF的ですらある。（＊ボラーニョは、フィリップ・K・ディックなどのSF作家からも多大な影響を受けている）。

「時間」が圧縮され、引き伸ばされることで、主人公の「空間」認識もまた混乱し変調している。翌朝、二人の警官から「この二日間の行動を具体的に説明してほしい」と言われたBだが、しかし、彼はどうしても自分の行動を空間的（地理的）に説明することができない。なるほど確かにBは、自分の述べるとおり今住むバルセロナから一歩も外に出ていないのであろう。記憶喪失にでもならない限り、〝出ていない〟というその事実一点についてだけは認証（確信）できるわけだ。ところが「Bは、自分がその間何をしていたか、誰と会ったか、さっぱり思い出せない。バルセロナから出なかったこと、この辺りからも、家からも出なかったことは自分でも知っていて、そんなことは知っていて当然なのだが、それを証明することができない。（傍線引用者）」。おそらく、「時間」が「圧縮され」「引伸ばされ」た反動で、知覚に生じた弛緩と収縮が、Bの「空間」認識の混沌化《カオス》をまねいているのである。警官の前でしどろもどろになってしまった結果、Bは警察に連行されるのだが、しかし証拠不十分ですぐに釈放される。

帰宅後の夕方、眠りに落ちたBは再び砂漠の夢をみる。「砂漠の夢を見、Xの顔の夢を見、目覚める直前に、その二つが同じものなのだと悟る。自分は砂漠で迷子になってしまったのだ、と彼は苦もなく察する」。

Xとの関係を、不毛の砂漠と悟ったこの主人公を、誰が責められるだろうか。誰が彼にもう一度砂漠に行き、砂を噛めと言えるだろう。しかも彼女はすでにこの世にはいないのだ。ところがBは、あたかも「アタカマ砂漠」に肉親の遺骨を探し求めてさすらう女性たちのように、「その夜」、すぐさま「バッグに服を詰めて駅に行き、Xのいた街へ向かう電車に乗る」。このときBは、言うまでもなくXがもはや存在しない街に行くのではなく、Xとの過去の残影（記憶）を宿している（そしてXの遺体がある）街に行こうとしているのである。そしてその街はBにとって、いやこの作者にとって、ほとんど「アタカマ砂漠」と等価の不毛の地《トポス》であったに相違ない。初読のときに、夢とはいえなぜBは「雪男」なのであろうと訝しく感じた点も、今では腑に落ちる。標高の高いアタカマ砂漠はアンデス山脈の山峰と連なり、そのアンデス山脈には、黄金郷《エルドラド》伝説とともに雪男伝説が今も根強く存在しているからだ。**（＊もちろん、自分を異常で冷徹な男だとするアレゴリーも含ませてはいるのだろうが）**。

ネット書評の中に、『通話』は、「後ろに（チリの）弾圧の恐怖がちらついている。影は見えるけど、本体はけっして出てこない。」「ボラーニョは直接的な描写を行わない。」(Hatena Blog) とある。また、短篇集『通話』に収められた他の作品には「一九七三年の軍事クーデター以降のチリにおける底知れぬ闇が垣間見え、ところどころで読む者をゾッとさせる。」という訳者松本健二の解説もあるように、ボラーニョは、確かに作品内においてチリの弾圧の歴史やその凄惨な実状（現場）を、直接的なかたちで描きとろうとはしなかった。ちょうど物語作者が、自分の体験した事柄（他人の、でも構わない）を、「いったん報告者（作者）の生のなかに深く沈め、その後再びそこから取り出してくる」（ベンヤミン）ように、自他の「経験」を、時間を与えて熟成させ、同時にそれを簡潔なフォルムに仕上げるための彫琢を重ねる伎倆を、この作者は抜かりなく備えているからである。したがって訳者松本の「引き伸ばそうと思えばいくらでも長い話になりそうな恋愛の話を極限まで凝縮した異色作」とする評価は、じつに的確なものだと思う。

運命に翻弄された主人公は、作品の冒頭から終始「罪の意識」に苛まれているのだが、その内実が作品の表層にはなかなか現れ出てこない。「メロドラマの台詞ではないが、人生は続くのだ。年月が流れる。」と嘯く語り手（作者）には、最初から通俗的な「ドラマ」――いわゆる消費者好みのそれ――を書く気などまるでないからだ。だから読者によってはこの作品は、行き詰まった恋愛話に凡庸な殺人事件が絡んだだけの、ただの冴えない奇譚としか日に映らないかもしれない。そして、ある意味でそれは全く正しい理解でもある。

なるほどBは手をこまねいているだけ。BはXを救えないし、最後まで愛せなかった。何もできない。ただの独りよがりの弱い男だ、と。だが、老練な読者ならこう思うだろう。Bは救えなかったのではなく、救わなかったのだ。愛せなかったのではなく、愛さなかったのだ、と。まさにかくのごとく、通常の恋愛ドラマでは成立し得ない虚無的で必然的な関係――「二人でいる孤独《ツヴァイザムカイト》」もその一つだ――においてこそ、逆に原型的な――他者性に還元されない――「罪の意識」を描出できる余地が生まれてくるのである。

BはXの街に行く電車の中で様々に思いをめぐらす。「自分にできたこととしなかったこと、Xに与えてやれたことと与えなかったこと、そのすべてに思いをめぐらす。もし死んでいたのが自分だったなら、Xがこの道のりを逆向きにやってくることはなかっただろう、とも考える。そして、だからこそ僕のほうが生きているんだ、と思う。電車の中で眠れぬ間、Bは初めてありのままのXの姿を見つめ、彼女への愛をふたたび感じ、しまいには不本意ながら自分自身を軽蔑する」。語り手は冒頭から終始一貫して辛辣な自己批評、自己裁断を続けているが、それはメインプロットの太い輪郭を決して浸蝕しない体《てい》のものであった。プロットに絡みつきこれを疎外する情緒的《リリック》な心理分析は極端なまでに省かれている。語り手は、愛するがゆえにできなかったことを諄々と嘆くのではなく、己《おのれ》の非情さとそれゆえの孤独に「罪の意識」を重ね合わせているのだ。Bはこのとき、初めてありのままのXの姿を見つめたと言うが、それは恋愛の夢想《ロマン》の皮膜を剝ぎ、赤裸々な彼女の「生」に対面したというだけには留まらない、加えて惨めな、あるがままの己の「生」と向き合うということでもあった。そしてBは、自分がふたたび彼女に愛情を感じたことを「軽蔑する」。「不本意ながら」という表現は様々な解釈を呼び込む可能性があるが、ここではやはり倫理的な「罪の意識」ゆえの厳格な自己批評と解すべきであろう。BとXの「二人でいる孤独《ツヴァイザムカイト》」は、ここにおいて完了するのである。

✴

尤も、結晶化されたこの作品に、破調（破綻）が全くないわけではない。たとえばXは、本当に無言電話の主をBだと思っていたのだろうか、という疑問が残る。Bからの無言電話は一度きりだったが、それ以外にも無言電話は何度もあったことが、Bによって憶測され、のちにXの兄によって証明されている。Bはそれら繰り返された無言電話の主を、Xが自分（B）だと感じていたと確言するのだが、Bのこの無言電話へのこだわりは、いったい何を意味しているのだろうか。

Xの兄は、犯人逮捕の知らせをくれた最後の電話で、殺人犯が「妹に無言電話でいやがらせをしていたんだ」とBに語る。しかし、Bは兄の言葉に「返事をしない」。それは明らかに不同意（ないしは不満）のポーズである。その一週間前に、兄の自宅を訪問したときにも、やはり同じ内容の会話があり、「見たところXの兄は何も分かっていないようである」とBは胸の中でつぶやいているので、この点について二人の会話が嚙み合っていないことはすでに証明済みだと言える。これは、兄の言葉を認めれば、自分がXに対して抱いていたそれまでの憶測が、全て覆ってしまうことへの不安から来ているものだろうか。それとも、無言電話で彼女を苦しめていた電話の主が自分であると誤解したまま彼女が死んでしまったことについて、その自分の苦悩を理解してもらえないことへの不満なのだろうか。何れにせよ、ここにおいてBのエゴイズムも究竟に達したと言えるだろう。兄の説明が正しいか否かが問題なのではなく、自分の「罪の意識」が余人に理解されないことがなべて問題なのである。**（＊キェルケゴールはこのような疑議を、「罪についての思弁の饒舌」と諌めている。Bが兄に対し何も言い返せずにいるのは、『饒舌」を避けたゆえのことだとも言える）**。また、だからこそ「罪の意識」がその人に個別固有のものであることを、改めてこの作品は見事に啓示（形象化）しているのではないか。ボラーニョにとって「生の意味」を問うとは、常にこのように、その人固有の「罪の在りか」を問うことに他ならないのである。「物語作者とは、義人が自分自身に出会うときの姿なのである」とはベンヤミンの言葉であるが、これは作者ボラーニョのことを指した言葉だとも言える。

註解

＊1　翻訳者の松本健二は、『通話』のスペイン語タイトルについて次のような解説をほどこしている。「…原題の llamadas te efónicas とは、実際には電話をかける側の llamada『呼びかけ』に特化した意味をもつ。ここで電話をかける側にあたるBは、Xの沈黙に接し、目の前にはいない相手のことを想像しながら、徐々に不安を募らせていく。このように、電話によるコミュニケーションとは、距離があるが故に相手への思いが強く意識される場であると同時に、互いの表情が見えないせいでメッセージが誤読される可能性を秘めた場でもあるのだ。対象への愛や欲望、そしてその対象との交流不可能性、この二つ

が同時に顕在化する状況。」と。

llamada は、辞書的にノックやコールの意味も持つ。だから単なる「送信」というのとも、少し違うのではなかろうか（念のために言っておくが、松本氏がそのように言っているわけではない）。受信なき送信はあり得るのか、という問い。これはサイバー空間においては、すでに全くあり得ている状態である。だが、電話のとき、相手の肉声を感じながらの場合はどうなのか。受信なき通話はあり得るのか？　あるいは送信なき――受信もなき――通話は？　そこには伝達のライン（繋がり）はなく、じつは空洞しかないのだとしたら？　「ルーティーン［原義は「小道」→「いつもの道」］」という語は、このことを暗に予期しているというべきか、一つの前提としているような気がする。決まり切った形式としてのコミュニケーション。ルーティーンワークの会話。それがたとえ極限の有り余る叫びであったとしても受信はなされないのかもしれない。なぜなら誰も、われらは繋がっていないから。繋がろうとしていないから。――孤独とは、そもそも形式でしかない。孤独の本質は形式である。形式は孤独を妨げない。衝突も、一つの送－受信であり、通話なのだ。同様に拒絶も、ネグレクトも、愛欲も、親和すらも。

そういえばボラーニョは、死姦される自分の死体を見とどける幸運な自分を、小説「帰還」（『売女の人殺し』（01年）所収）のなかに書いている。死姦という不条理にして最上位に位置する送信作業は、まだ誰も合理的には定義し得ない「死後の世界」へと繋がっているのかもしれない。尤も、そこにはやはり空洞しかないようにも見える。目と口を間抜けに開けた入り口を、人はいつも閉じたがる。儀式のように、礼節をわきまえるために。

P・K・ディックは言った。全て彼の作品は「受信の試み」であると。また、さらにディックはその「試み」を、「どこか遠く離れた場所から」の「声を、聞き取ろうとする試み」であるとも述べている。これは、人間同士の場合の話なのだろうか。それとも……。彼は、庭にありふれて自生するヒメ芝からのメッセージまで聴き取ろうとする。存在は存在に密かな声を送り続けている、とでも言うかのように。

＊2　morgue＝モルグは、フランス語が語源。現在、一般に使われる意味としては「死体公示所（遺体安置所）」と、新聞社の「資料部（または調査部）」を指す俗称との二つがある。世界初の探偵小説とされるE・A・ポーの「モルグ街の殺人 The Murders in the Rue Morgue」（1841）が想起されるが、このときの「モルグ」は「死体公示所」からの連想でポーが設定したパリの架空の街名である。アメリカ人のポーがパリの架空の街を作品の舞台とした理由の一つとして、世界初の探偵事務所が1833年にパリに設立されたからだという説もあるが（設立者はフランソワ・ヴィドック、こちらも著名である）、確かなことはわからない。世界初の探偵小説の、猟奇殺人事件の真犯人が、人間ではなく巨漢の動物（オランウータン）であったということ、黎明期の探偵小説が怪奇物語のグロテスクさやモンスター性をそなえたものであったという事実は、興味深い。「モルグ」という語が醸し出すミステリー＆ホラーは、ポー以後の探偵小説（コナン・ドイルら）にも連綿と受け継がれてゆくことになる。また、ヨーロッパにポーを紹介したのが他ならぬボードレールであったことも、探偵小説の淵源や本質を考える上で不可欠な側面であることを、改めて確認しておきたい。ベンヤミンもボードレールを経由してポーの作品に触れている。

ロベルト・ボラーニョについて

②「はるかな星」

罪を思考の対象にすることはできるだろう。けれども個別的な罪びとは思考の対象にはならない。それだからこそ、罪が単に思考の対象とされるときには、罪を真剣に問題にすることができないわけである。真剣な問題になるのは、罪一般ではなくて、君が、そして私が罪びとであるということである。

（キェルケゴール『死にいたる病』）

＊

小説『はるかな星』（96年）は、数あるボラーニョの作品のなかでもひときわ評価が高い。近く映画化されるという予告まで出ているくらいであるから、大衆性・通俗性も兼ねそなえているということであろうか。しかし、だとすればそれは非常に不幸なことである。大衆・通俗性ということについて、ボラーニョほど敏感で、嫌悪をあらわにする作家も他にはいないからだ。したがって本稿では、まず大衆・通俗性に対する彼のスタンスとその文学的立場から話を始め、順次作品論に展開していきたい。**（＊ボラーニョの小説のなかで映画化された作品は、現時点では『ネイキッド・ボディ』［13年、原題：「Il futuro」原作：「UNA NOVELITA LUMPEN」］のみである。今後制作予定になっているのは『野生の探偵たち』（98年）と『はるかな星』（96年）で、前者は２０１５年、後者は２０１１年のネット記事に制作予告が出ているが、その後具体的に経過を知らせる記事はない。とくに『はるかな星』**

はブラジル人のヴィセンテ・アモリン［Vicente Amorim］が監督をつとめると出ていたが、すでに8年前の記事である。なお、同監督による次回作は『Windows（窓）』というタイトルで、チリのクーデターを時代背景とし、チリに住むブラジル人の9～10歳の女の子がヒロインだという。ちなみにアルゼンチン人の作家、映画監督であるルシア・プエンソ［Lucía Puenzo］へのインタビュー記事［［con Lucía Puenza Viajera frecuente］２０１７年8月18日、www.clarin.com/.../viajera-frecuente_0_HkDzYREO-ht...］のなかに、アモリン監督と『はるかな星』への言及があるので、まだ制作話は立ち消えていないようだ）。

＊

ボラーニョ最後の短篇集『鼻持ちならないガウチョ』（03年）に収録された「クトゥルフ神話」は、２００２年11月にバルセロナで行われた講演会で朗読されたものである。そのときの聴衆はみな抱腹絶倒だったという巷説だが、後に解説するヨシフ・ブロツキーの『私人』（87年、日本での出版は96年）とともに、前衛たることの矜恃をつらぬいた不屈のメッセージとして、記憶にとどめておきたい講演記録である。

ボラーニョはこの講演で、大衆・通俗小説（以下「通俗小説」とする）に対するいくぶん頑迷な、しかしユーモアたっぷりのゲリラ的スピーチを行なっている。

ゲリラ的であるからには、論理展開における形勢不利は百も承知。したがって論戦に勝つことが目的というよりも、戦うことそれ自体が目的化した豪傑もどきの戦いかたである。ボラーニョはこの講演の翌年7月に、肝不全で死去（享年50歳）。元気な姿で立った最後の花道とも言えるこの講演において、彼は聴衆を唖然とさせるほどの迫力で〝蟷螂の斧〟を振り切った感がある。ただしその〝斧〟が秘めた力と意味は、決して見くびりおおせるものではない。
仮想敵としているのは、もちろん通俗小説家である。同時に、そうした通俗小説を熱心に買い求める大衆もその対象となる。だが彼は、大衆を侮蔑しているわけではないし、衒学主義《ディレッタント》を気取っているのでもない。それどころか彼は、いたって真剣に、「文学」を包囲する大衆のコンシューマリズムが「文学」の尊厳と根拠をいちじるしく毀損していることについて告発しているのだ。大衆の好む「楽しく」「分かりやすく」「売れる」小説。その「楽しく」「分かりやすく」「売れる」ことが批判の理由ではないとしつつ、しかし明らかにそれらへの嫌悪をはばかることなく披瀝するボラーニョは、彼らの通俗小説が売れる真の理由はじつは他にあると奇異な自説を展開する。

…どうして彼らの本はそんなに売れるのか？　単に楽しくて分かりやすいからか？　単に読者をハラハラさせる話を展開するからか？…〈略〉…答えはノーだ。それだけの理由では売れない。本が売れ、彼らが大衆的な人気を博しているのは、彼らの物語が理解できるからだ。つまり、読者は――と言っても読者としてではもちろんなく、この場合は本の消費者として、決して見誤ることのない人たちは――彼らの長篇や短篇を完璧に理解できるのである。

大づかみに言えば、大衆は単に「明快さ」を好むのではなく、理解しやすさ＝「簡単さ」、与《くみ》しやすさを好むということであろう。たとえば数学的命題を例にとれば、「彼ら」はそれを良く分かりたいのではなく、手早く理解したい、（その決着に）納得したい、そして（結果に）満足したい、ということだ。そこにおいては、まずもって正解だけがクイズのように優先される。数式は、「彼ら」にとって跳び越えさえすれば良い対象《ハードル》であって、なぜ跳び越えねばならないのかまで分かる必要はない。ともかく、答えが出れば良いというわけだ。しかし誰もが承知しているように、人生において正解は容易に引き出せるものではない。正解したつもりでいたものが、じつは数ある選択肢の一つに過ぎなかったということもあるだろうし、あるいはもともと、そこに正解などなかったのかもしれない。

小説という存在は、喩えるなら「科学やテレビの独占的な領域である、歴史や個々の物語に手を加える一連の動きとは無縁に推移する芸術だ」とボラーニョは言う。20世紀の中葉以降、イデオロギー批判とともに、「歴史」や「物語」がなぜ日蔭者の地位に貶められなければならなかったのか、ということをボラーニョは問題にしているのである。そこには明らかに、現代の科学主義偏重（盲信）の趨勢が関与している。すなわち彼の脳中には、今日の高度資本主義社会における模像《シミュラークル》や消費主義《コンシューマリズム》、フラットな世界観に対する強い拒否意識がわだかまっているのである。**（＊これは、ボラーニョ文学のかなり早い時期からの支持者であるスーザン・ソンタグとも共鳴し合う思考のスタイルである）。**

ボラーニョはさらに同じ文脈で、ポストモダン思想の亜流とも言えるイタリアの哲学者ジャンニ・ヴァッティモの「弱い思想」を槍玉にあげる。アントニオ・ネグリによれば、ヴァッティモの「弱い思想」に代表される新しい知の潮流は「ポストモダン時代のもろもろの新たな弱い現象学的考察」（上村忠男の解説から孫引き）だということらしいが、その内容はかなり茫漠としており実体が摑みにくい。したがって日本での翻訳・出版もかなり遅くなった。**（＊出版された本のタイトルは『弱い思考』［邦訳12年］、訳者は上村忠男、イタリアでの原著の出版は83年。原題中の「pensiero」は「思想」「思索」「思考」「思慮」のいずれにも訳し得る）。**この、ポストモダン思想のマイナーチェンジじみた思想の内実は、上記の訳書『弱い思考』を読んでもいまひとつ汲みとりがたく、またボラーニョ自身も講演のなかで、思想の中身自体を問題にしているわけではないことを明言しているので、ここでは訳書への深入りは避けたい。

さて、ではいったいボラーニョは何を問題化しているのかと言えば、それはヴァッティモら「弱い思想」を看板に掲げている一群の思想家たちが、自らすすんで大衆のニーズに接近し、大衆に理解しやすい言葉でポストモダン思想を提供しようとしている、というその方法についてである。

その弱い思想の強さというのは、……〈略〉……その思想が、哲学的体系に通じていない人々のための哲学的な方法論として提示されているところにあった。弱い階級に属する人たちのための弱い思想。……〈略〉……そして、社会的弱者と言われる人々は、そのメッセージを完璧に理解する。例を挙げると、ヒトラーは弱い思想についてのエッセイストか哲学者と言ってかまわないだろう。彼の言うことは何もかも理解できる！　自己啓発本というものは、本当のところ、実践哲学の、女も男も読むことのできる、気取りのない楽しい哲学の本のことだ。

（「クトゥルフ神話」）

皮肉と揶揄を交えた弁舌なので多少わかりにくいかとも思うが、難解な話ではない。念のために付足しておけば、ボラーニョが使った「社会的弱者」の語は、ここでは階級的または身体的な意味で使われてはおらず、単に〝思索する力〟の脆弱さ、あるいは〝深く思索すること〟への無関心、無理解を指した表現のようだ。体系的思考よりも目前の実利や快楽を好み、そうした安直な傾向性が集約された果てに何が生み出されるかについては無頓着・無責任を決め込む大衆の原像は、特に目新しいものではないだろう。またヒトラーへの言及については、これは笑えるようで全く笑えない。現に最近、とくに2015年頃からヒトラーやナチスに関連する映画・ドラマが世界的におびただしく量産されるようになってきており（主なものだけで年間平均8〜9本のペースだ）、それらの大半が通俗的なエンタメ作品であることからも、ボラーニョの指摘が単なる与太話とはとても思えない状況になってしまっている。〝理解しやすい〟ことを旨とする知的枠組みへの邁進が、じつは紋切り型の通俗性と表裏の関係にあり、それがいかに危うさを孕むものであるかを、記憶の風化とともに痛切に感じざるを得ない時節にわれわれは突入しているのである。

ところで、歴史の風化についてはやむを得ないところかもしれないが、歴史的事実の操作、改竄についてはこれにいかにして対処すべきか。すでに歴史それ自体が国家権力による国民コントロールの装置と化し、虚影の皮膜《テクト》で被われた恣意的な物語や、尊大な神話的国史がその機能を果たそうとしつつある今日、「文学」にはいかなる対抗余地があり得るのか。この問題について、冒頭で紹介したロシア生まれの詩人ヨシフ・ブロツキーが次のような考察（87年のノーベル賞受賞講演）を与えており、ボラーニョの講演内容とも響き合う。

> 現在、作家や特に詩人は自分の作品で街頭の言葉、庶民の言葉を使うべきだというような主張が非常に広く流布しています。このような主張は、いかに民主的に見えようとも、また作家にどんなに明白な実利をもたらそうとも、馬鹿げたものであり、しょせん芸術を――この場合は文学を――歴史に従属させようとする試みに過ぎません。「ホモ・サピエンス」はもう進歩を止めるべきだという判断が下されたとき初めて、文学は大衆の言葉で話すべきだということになるでしょう。そうでない限り、大衆のほうが文学の

言葉で話すべきです。（傍線引用者）

「文学」の営為とは本来、審美的な意味での〝選択行為〟の連続そのものであり、その行為にいそしむ者をよりいっそう私的な個人に変え、またそうした私的存在の形式――在り方が「人間を奴隷化から守る一つの手段となり得」るとブロツキーは言う。おそらくポストモダニストたちは、このような主張を「芸術至上主義」または「懐古趣味《ノスタルジー》」と呼びなし、冷笑するであろう。そして、「私的な個人」を公分母へと差し戻し、さらにそれを分子構造（マス）の中のアトム（原子）の一つへと再び解体する。彼らの科学的思考とはしょせん、その程度の皮相な推論でしかないのである。（＊ポストモダニストたちの「科学主義」については、マルクス・ガブリエルの次のような指摘（批判）に私は賛同する。「科学主義（それは、科学ではなく科学信仰であり、科学の宗教化である！）と創造説はどちらも、イデオロギー的な目標に資する偏見に満ちた神話なのだ。…〈略〉…科学主義は、科学が自らの究極の根拠を正当化する必要はないという素朴に思われる信念に、頼りすぎている。それは、科学主義が、科学の根拠が、「客観的」で「物質的」であるのと同程度に「明証的」であると信じ込んでおり、「その時」「誰」が実際に根拠を明証的なものと規定しているのかを自問することがないからである。」（『神話・狂気・哄笑』マルクス・ガブリエル／スラヴォイ・ジジェク））

「ますます進行してゆく社会の『原子化』、つまりますます進行してゆく個人の孤立化」のなかで、「文学」はあたかも独り言をしゃべっているかのような誤解を受けているとブロツキーは言う。もちろん独り言のはずはなく、どころか「文学」は、いわば作者と読者との間で取り交わされる「会話」なのだと彼は主張する。しかもその会話は、「他のすべての人たちを締め出す極めて私的な会話、言うなれば『相互厭人的』な会話」なのだ、と。孤立ではなく、自らが積極的に選びとる「知」の孤独。その孤独の意味と真価が理解されたときに、初めて読者は不特定多数の「鑑賞者」から主体的な言語の「演奏者」へ、つまり主体的な書き手へと変容するとブロツキーは言うのである。

ここにおいて、彼らの主張の根底には思索する者としての「主体」の存否が問われていることが改めて明らかになる。逆から見れば、つまり施政者（国家権力）の側から見れば、大衆個々の主体化こそが許しがたき〝躓き〟なのだ。大衆の個々が「文学の言葉で話」し始めるそのときこそが、常にあらゆる革命の前夜なのであり、その際「文学」は、連帯と平等を志向する者らにとって模像《シミュラークル》を打破するための〝精神の武器〟たり得るわけなのである。遠い目標として掲げられた〝永遠の理想〟よりも、卑近な〝理解しやすさ〟のほうがじつは仮象であるという転倒の詐術（＝マトリックス）が、これまで施政者の「歴史」を連綿と補強し続けてきた。「永続性は、空虚なイメージの速さに負けた」とボラーニョは講演の終盤でつぶやいているが、20世紀後半におけるサイバースペースの出現が、この「速さ」（理解することの）にさらに拍車をかけたことは言うまでもない。おそらくボラーニョは、この「速さ」が産み出している虚影の皮膜を引き剥がすことに、自らの主体的な「文学」の使命を見出していたと思われるのであるが、その考察については次章にゆずる。

✴

冒頭でも述べたとおり、『はるかな星』に対する評価は高い。たとえばラテンアメリカの同時代作家ロドリゴ・フエサンやフアン・ビジョーロ、オラシオ・カスティジャーノス・モヤなどが、この作品をボラーニョの最高傑作だと評している（寺尾隆吉著『ラテンアメリカ文学入門』による）し、訳者の斎藤文子も「ボラーニョ文学を理解する上で」「要となる作品」だとしている。のちの長篇小説『野生の探偵たち』や『２６６６』の精華を予兆するような重要な要素を秘めており、また分量が原著で100ページに満たないため、作品がバランスのとれた構造をそなえ登場人物の造形もたしかである。

ところでこの作品は、やはり件の箇所に衆目が集まるのであろう。

あの写真展をめぐる一連の猟奇性を帯びたシークエンスのことだ。もしも仮にあのセンセーショナルな場面を欠いていれば、この作品がこれほど注目されることはなかったはずであるし、ましてや最高傑作などと噂されるはずがない。ただし問題の根本義は、その「件の箇所」自体にあったと言うよりも、その「件の箇所」を「センセーショナル」とか「猟奇的」「カルト的」などと評しがちな、鑑賞側の審美能力のほうにあったと言えるのではないか。ちなみにボラーニョ作品で唯一映画化されている『ネイキッド・ボディ』(13年)は、宣伝広告に「エロティック・サスペンス」とあり、原作者のボラーニョを「チリ生まれの異色カルト作家」と呼んでいるので、これは相当ずさんな映画かと思いきや、〝心理サスペンスの佳作〟程度の評価はできる内容であった。ラスト近くのナレーションにある「被害者と犯人の写真は――外の嵐がまだ収まらないサインだ。嵐はローマではなくヨーロッパの夜に吹き荒れた。惑星と惑星の間に…別世界からの砂も目もない嵐、地球を取り巻く目に見えない別世界からの…そこに存在する穴は私の穴、そこにある影は私の影だった」(調べてみたが字幕者は不明)という語りは、まだ原作の邦訳がないのでたしかなことは言えないが、おそらく原作の表現を取り込んだものだろう。(原作に忠実ではないが、原作の良質な部分は取り入れている)。しかし全体としては、通俗的な心理サスペンス映画の域を超えてはいない印象である。

また、本作『はるかな星』の場合も、冒頭の註で紹介したルシア・プエンソ監督がインタビューで「…

Estrella distante, de Roberto Bolaño. No sólo porque es una novela preciosa y la que más me gusta de este escritor, sino porque podés entrar al texto desde otro lugar. Me pasó cuando adapté Era el cielo", dice Puenzo aludiendo a la novela de Bizzio.」（傍線引用者）と語り、友人のセルヒオ・ビージオの原作小説『Era el cielo』（**＊『空の沈黙』という邦題で映画化、２０１６年。映画は、冒頭で自分の妻が二人の男に強姦されるのを夫が目撃してしまう衝撃的なシーンから始まる。インタビューでは『はるかな星』の映画化権が話題の中心であった**）との類似を指摘して、ボラーニョが読者を別世界か異次元に迷い込ませるような小説家だとしながらも、それ以上の深い解釈はほどこしていない。したがって『はるかな星』の映画化も、基本的にはスリル＆サスペンスに心理主義的な要素を加味したものを想定していると推察できる。

＊

本作は、すでに多くの評者が指摘しているように『アメリカ大陸のナチ文学』の最終章を独立させ、これに大幅な加筆をほどこして5倍以上の分量の作品として完成させたものだ。「件の箇所」についても、叙述が約2倍半の分量に増え、前作にはなかった切り刻まれた女性遺体の描写が——正確には女性遺体の写真の描写が——スナッフビデオならぬスナッフ写真《スチル》として具体的に展叙されている。とは言え、作者自身がそれらの描写を「絶対的な悪へのアプローチを、とても控え目に試みた」と述べているように、のちの『２６６６』に書き込まれる連続女性殺人事件の膨大な遺体の記述（**＊数えて見たが「犯罪の部」だけで少なくとも108名の女性の殺害が記述されている**）と比べてみても、叙法としては慎ましやかなほうだったと言って差し支えないだろう。しかも遺体の直接的な描写は5〜6行程度の分量であり、『２６６６』とは比べるべくもない。まずは以下に、その5〜6行を抜粋しておこう。

…女たちはマネキン人形のように見え、いくつかの写真では手足が切断されたばらばらのマネキン人形のようだったが、ムニョス＝カノは、その三割が、スナップ写真を撮ったときにまだ生きていた可能性を否定していない。写真は（ムニョス＝カノによれば）たいがいは写りが悪いが、見る者にもたらす印象は実になまなましいものだった。…〈略〉…空気中に消えていなくなってしまうかのように見える金髪の若い娘の写真を撮った写真。灰色の多孔質のコンクリートの床に置かれた、切り取られた指。

この箇所だけを読むと、なるほど猟奇的ではあるが、しかし取り立てて凄惨《センセーショナル》な描写というわけでもない。作者は起こっている事件（現象）のうわべの奇怪さや異常性だけを描こうとしているわけではないからだ。写真展の部屋を取りまく周囲の状況。おぞましい場所に立つときの逃げ場のなさ。それを目にした者たちの瞬間の心理的ダメージ。写真展の部屋の中の鬼気迫るしかしどこかノスタルジックな雰囲気。見終わった者たちの、言葉では言い表せぬ虚脱と煩悶と嫌悪。さらに、人間世界のいったい何がこの写真展の存在を成立せしめているのかという深遠かつ虚無的な問い。そして何よりも、遺体の女性たちが身をもって味わされた地獄の（という言葉が軽々しく思えてしまうほどの）苦痛。それら全てを触診するかのように引き受けたこの作者の文体は、〝饒舌〟と〝緊張〟がとめどなく交錯し、さらにその二つの指標が痺れるように、あふれるように渾然一体化している。

表題である「はるかな星」の「星」のイメージには、前稿「通話」論で述べたニーチェ思想の影響が如実に感じられる。写真展を開催するときの挨拶で、「まるで別の惑星から眺めているかのよう」な目で客たちを見つめる猟奇殺人犯《シリアルキラー》のビーダー。そして客たちが帰り去った後の、ビーダーの父親の落ち着き払った様子を、「深淵の縁にいるというのに、そのことを理解していないか、気にしていないか、あるいはめったにないほど完璧にそしらぬ顔をしていた」と叙述するときの、この「深淵」の語は、明らかにニーチェの箴言「怪物を倒そうとする者は、自らが怪物とならぬよう気を付けよ。お前が深淵を覗くとき、深淵もまたお前を覗いているのだ」を意識したものだ。ついでに言えば、本作には『アメリカ大陸のナチ文学』のときにはなかった「星」や「宇宙」に関する記述が数多く加筆され、マクロ的な視野で地球上の出来事（主に戦争と殺人）をとらえる視線が投入されている。たとえば最終第10章にある「僕は…〈略〉…どうでもいい問題について考えはじめた。たとえば時間について。地球温暖化について。次第に遠ざかっていくはるかな星々について」。あるいは第9章の「これは、僕がモンスターたちの惑星から送る最後の通信だ」の、この「惑星」はまず間違いなく「地球」のことを指しているはずだ。「彼は悪との戦いを地球の領域に限らなかった。地球は、彼の宇宙論においてはときに犯罪者の居住区に似ている。地球外のどこかに開放区があると彼は言う」（第7章）のような叙述もある。また、作品冒頭のエピグラフには、ウィリアム・フォークナーの詩の一節「誰にも見られずに落ちていく星はあるのだろうか」が意味深に使われている。さらに「星」ではないが、「…ビーダーは世界を火山から見るように見ていました。みなさん全員と自分自身を、はるか遠くから見るように見ていたのです」（第7章、各傍線引用者）と、この作者は、他者の他者性と自己の主観性とを同時に、マクロ的に俯瞰し対象化する人工衛星の望遠レンズのようなハイスペックな眼差しを、作品全編にあまねく行き渡らせている。そしてこの眼差しこそが、先のニーチェの箴言とも通底しているわけであるが、最終章でビーダーの居場所を突き止めた主人公が、スペインのバル（居酒屋）で、本を読むビーダーの手元を肩越しに覗いた瞬間、そこに「おぞましいシャム双生児の片割れを見た」のは、ビーダーの実存の「深淵」を覗きこもうとした瞬間、主人公がそこに自身の姿（分身）を、自己の中に潜むデーモンを垣間見たということに他ならない。

ちなみに昨年（18年）で第14シーズン目に突入したアメリカのTVドラマ『クリミナル・マインド』の第1シーズン初回作（05年）でもニーチェの同じフレーズ（箴言）が使われていたのを憶えているが、05年であるから当然、ボラーニョのあずかり知らぬことだ。とはいえ両作品が、同じ時代の空気《ニュアンス》を輻輳的にリアルに作品に投影させていたであろうことは間違いない。そして両作品には、当然のことながら共通点、相違点の両方がある。共通点は、人間であれば誰もが自身に所有する「悪」を、所有するがゆえに異常なもの怪物的なものとして――「フランケンシュタイン」のモンスターのように――人間世界から追放された存在として物語化することへの（つまりは臭いものに蓋をしてマトリックスな日常を安隠に固守しようとすることへの）抗議である。相違点は、『クリミナル・マインド』が怪物を人間として扱いプロファイリングすることによって、あらゆる人間の内面を科学的に解析可能だとする理性主義的立場を堅持するのに対し、ボラーニョは基本的には非理性主義の立場をとっているという点だ。

ビーダーの「悪」は神の仕業ではない。そんなことはむろん分かっている。しかし、これを人間の仕業だと呼びなすことは容易だとして、だがそれは、神なきいまの時代においていかなる意味を持ち得るものなのか。この作者は明らかにピノチェト政権下の、おそらくは殺害されたであろう無数の死者たちの行方を、ビーダーの犠牲者たちを語ることによって代理表象させている。73年のクーデター以降、拷問や殺害が明確に分かっている死者たち（つまりは遺体が発見された者）ももちろんいる。だが、大部分の犠牲者たちは90年代に至るまで行方不明として扱われた。本作においても、「僕たちの友人のほとんど全員が姿を消した」「最近はみんないなくなるのね」とクーデター以後の凶行（殺害）が直接語られることはなく、全てが伝聞調であるか暗示的な言葉で語られる。他方、ビーダーが残虐に殺した者たちの数も不明だ。〝無数に〟としか言いようがない。写真展の写真も写りが悪く、作中で実際に死体が見つかったのはアンヘリカ・ガルメンディアの死体が一つだけ。それについても、「まるでカルロス・ビーダーが人であって神ではないことを証明するかのように（見つかった）」（丸括弧内引用者）と申し訳のようなキッチュな言い草が添えられる。平和にどっぷり浸かっている日本人ならば、この叙述を、「まるでカルロス・ビーダーが神であって人ではないことを証明するかのように」（傍点引用者）と言い換えたとしても、全く違和感は持たれないであろう。「そして彼ら（四人の殺人者）の背後から夜が、ガルメンディア姉妹の家に侵入する。十五分後、いや十分後かもしれないが、彼らが立ち去るとき、夜もすぐまた出ていく、夜が入り、夜が出ていく、…」（丸括弧内引用者）。簡潔にして要を得た、見事な叙法である。この「夜」が何を指し示しているかは、もはや説明するまでもないだろう。チリにおいて73〜90年までの時空は、異常性が日常であり、逆に日常性が異常であったのだ。だから写真展の後日談として、ビーダーは同じ軍人仲間から、その人柄と行為について次のように証言されることになる。

> …ビーダーのイメージは、エネルギッシュで冗談好き、働き者の若者である。まったく何もしない将校たちもいましたからね、部下から信頼されていましたよ、…
>
> 〈略〉
>
> …行動をともにしたある将校で、空軍中尉は、すべてのチリ人がしなければならなかったこと、義務で

あったこと、あるいはやりたくてもできなかったことをしただけだと主張する。内戦において捕虜は邪魔である。これがビーダーや他の人々が従った行動原理で、歴史に激震が走っている最中に、義務をあまりに忠実に果たしたからといって、誰が彼を責めることができるでしょうか。…（『はるかな星』）

ビーダーの猟奇殺人は、チリ人としての「義務をあまりに忠実に果たした」ゆえの結果だと評される。かつてのあのユダヤ人の大量虐殺も、同じであった。異常と日常、非日常と日常が転倒した世界。その世界で、人間たちよりもまず先に罪と倫理が無言の嗚咽をあげているのである。そのような事態を踏まえたとき、何がこの二つの作品を別しているのかといえば、まさしく「罪の意識」と「倫理」が、どのような次元の役割を作品のなかで演じているのかということに尽きる。『クリミナル・マインド』は、理性が（つまり正義が）「悪」に打ち勝つ（ごくまれに理性の力が及ばず敗北する場合もあるが、ほとんどの場合勝利する）という図式のなかで、すべての犯罪者が理性を保てなかった（つまり「罪の意識」を欠いていた）がゆえに犯罪が起こり、ために人間社会が危機に瀕しているという昔ながらの正義の「物語」を反覆しているのに対して、ボラーニョはそのような「物語」を生産していく行為そのものを糾問しようとしているのである。

犯罪者に「罪の意識」が欠けているのは両作品とも同じである。だが、そもそも「罪の意識」とは、どこにあり誰が持ち得るものなのだろうか。『クリミナル・マインド』ではそれが理性の側であるFBI捜査官の手にあり、悪と善との二項図式の中にほんのちょっぴり添え物のようにして描かれているに過ぎない。対して『はるかな星』では、それは全く描かれることはない。描かれようはずもない。なぜなら人間社会そのものが、そして地球上に住む人間たちの存在そのものが罪にまみれた記号と情報に化し、「倫理」を喪失してしまっているからだ。その事態を、作者はグレアム・グリーンウッド（**＊おそらく少女買春事件でも知られるイギリス人作家グレアム・グリーン［1904‐1991］の名前をもじったものと思われる。グリーンの作品『おとなしいアメリカ人』［55年］はアメリカのベトナム政策を痛烈に批判した内容で、彼はこの作品を書いたためアメリカへの入国を拒否された。58年に映画化。買春事件では、90年に訴えられた後、イギリスと犯罪者引き渡し条約を交わしていないメキシコに逃亡した**）という架空のアメリカ人作家の言葉に仮託して、次のように述べている。

……（グリーンウッドは）断固として悪の存在、絶対的な悪の存在を信じていた。彼独自の神学では、地獄は偶然の集合体もしくは連鎖であり、連続殺人は「偶然の爆発」であると説明した。罪のない人たちの死（そのすべてを僕たちの頭は受け入れることを拒否する）は解き放たれた偶然性の言語であると説いた。

（最初の丸括弧内引用者）

理性主義が否定され、世界は「悪」の集合体または連鎖であり、その「悪」は化学変化で「偶然の爆発」すなわち連続殺人を引き起こす、という奇抜な世界観は、おそらく「罪の意識」がシミュラークルな常套句《クリシェ》と成り果て、「倫理」が失墜したこの世界の現実態をヴィヴィッドに言い表そうとしたものであろう。これはある意味、19世紀後半に発祥した「世紀末思想」の、時を越えた現代版だとも言える。ニーチェにより神は死んだと宣言されて以来、われわれは理性主義のもとにとどまるか、ボードレールとともに「恐怖のオアシス」[*1]を求める飽くなき冒険の旅に出るしかなかったのである。

＊

ところで、『はるかな星』に二度現れてくるフィリップ・K・ディックの名前は、少しも意外ではない。ディックのSF小説は、ボラーニョの愛読書であり、またディックにとどまらず幅広く他のSF小説や通俗的なエンタメ小説も濫読していたふしがある。ディックには独自の神学思想があり、またカルトやナチズムへの関心は作品上にも求心的なメインテーマとしてしばしば登場する。小説外においても、アメリカのベトナム政策に対する批判姿勢が強固で、さらに「ドイツとアメリカのファシズムの間に類似性があることを、広く、詳しく、そして驚くほど豊かに理解してい」（ダルコ・スーヴィン、上岡信雄訳）た。近年、Amazon でドラマ化されたことで話題の代表作『高い城の男』（原作は62年、ドラマ化は15年）の一節は、先ほどの（ボラーニョが仮託した）グリーンウッドの思想とも驚くほど酷似しているので以下に紹介しておこう。

悪はある！ セメントのように実体のある悪が。いや、信じられない。おれには耐えられない。悪は物の見方ではない。…〈略〉…それはわれわれの中にある一つの構成要素だ。この世界の中にある要素。それがわれわれの上から雨のように降りかかり、肉体と、頭脳と、精神の中に、そして舗道そのものにも染みとおってくる。

（『高い城の男』浅倉久志訳、傍線引用者）

ランボーがジュール・ヴェルヌを読んで「酔いどれ船」を書いたように、前衛詩人の気質と天稟をそなえたボラーニョもまた、フィリップ・K・ディックをヴォワイヤン（見者、幻視者）の視座から把捉し共振しようとしている。ディックはどうか。ディックもまた「二十世紀の生活の表層を見すかし、現実のありのままの姿を描きだす辛辣な幻視者」（ポール・ウィリアムズ、小川隆訳）と評価されてきた。そしてディック自身、SF作家として目指しているのは、「見た目だけの現実のベールを突き破り、真の現実に迫ること」（同前）だと述べている。単なるコスミック・ファンタジーのSF作家ではなく、科学形而上的な探究者《ヴォワイヤン》、人間存在を構成する不可逆的な「悪」の糾明者を自認するディックの思想から、ボラーニョは多くのものを学んでいる。

＊

切り刻まれた女性遺体の写真を、芸術鑑賞の対象として展示することの異常さは、作者ボラーニョにおいても当然、いかがわしい「スペクタクル」として判じられる可能性を意識していたであろう。だが、写真展示を求心点（中心軸）として、その行為に至らしめる人間存在と文明社会の全容を、「悪」の力学、顕現として体系的に描き出すこと、これは「スペクタクル」ではないと言えば、やはり詭弁になってしまうのだろうか。私にも判じ難いところだ（それさえも「スペクタクルだ」と呼ぶ者もいるだろう）。いずれにせよ読者にとっては、とりわけシミュラークルな価値基準に追随している読者にとっては、それは常に消費される対象としての「欲望」に還元されやすい。チリの歴史、チリとアメリカの間にあった暗黒の歴史、中南米に残したアメリカの残虐な爪痕、そして人類の文明史に関心を持たない読者であるならばなおさらであろう。「スペクタクルは、到来する出来事についての無知を、そしてそのすぐ後に、それでもやはり知られることになったことについての忘却を、見事に組織する」（ギー・ドゥボール）からだ。イメージが無限にイメージを追いかけ、もはやイメージそのものだけが消費の対象、すなわち商品と成りおおせてしまう事態。その事態の危うさは、本作『はるかな星』においても決して他所《よそ》ごとの話ではない。ただ本作の場合、のちの『２６６６』や『野生の探偵たち』の前段階として、シミュラークルな虚影の皮膜に亀裂を入れることを大胆に試行した実験的作品だという風には思える。またビーダーの人物像についても、やはり後期ボラーニョの作品群を思わせる、複数のドッペルゲンガー（分身）を語り手の分身とともに複雑に縒り合わせて比類のないキャラクターを創出するという、前衛的な語りの構造をそなえている。ビーダーはもちろん怪物ではなく人間であるわけだが、ある意味、彼は人間の概念そのものを代表しており、というよりもじつは紛れもなく「人間」こそがビーダーなのであり、人間存在の「悪」が、ビーダーという伝導媒体《メディア》を通してそこに噴出しているのである。（それを人は「原罪」と呼ぶ）。

✴

関連する話をもう一つ。

１９９９年のスーザン・ソンタグと大江健三郎との間で取り交わされた討論は、当時、往復書簡の形で行われたが、その際のソンタグの、大江を厳しくいさめる言述が非常に印象深く私の記憶に残っている。すでにその当時において（おそらく往復書簡が収録された『この時代に想う　テロへの眼差し』が出版された02年頃）、私は大江の言説に強い違和感を覚えていたのだが、いま改めて読むと、それはほとんど〝無残な〟ものとして目に映ずる。たとえば「私はこの国に柔らかなファシズムの網がかけられる時、若者たちが国境の外へインターネットの窓をあける、そのような共同体を夢想します。」「この国に『新しい人』が現われなければならない、と私は書きました。…〈略〉…『古い人』――私もそのなかに入ります――によってはこの国の窮境を乗り切ることができないだろう、と考えているのです」のような言説。大江はこのとき64歳だったが、全く何を呑気なことを言っているのかという苛立たしさは、いまではそのとき以上にはげしく感じる。これらの大江の言葉に対してソンタグの舌鋒は厳しく、そして実直なものだった。

……「新しい人」[*2]の出現をめぐる数々の予言（チェ・ゲバラの予言がまず思い浮かびますが、この二世紀の間に「新しい人」を提唱した人は相当な数になります）はみな、「新」は「旧」の改良だという前提に立っています。敬意をこめて伺います、そんなに確信してかまわないのでしょうか。

動植物の種の絶滅という事態がありますが、価値観や洞察、精神が成就したものもそうならないとは限りません。「新しい男」も「新しい女」も、いまの私たちが大切にしている多くの喜びや疑いを忘れてしまっただけの話かもしれません。世界の繁栄する側の若い人々が文化のディズニーランド化や、機械が提供する刺激にあらゆる経験を従属させることを疑いもなく受け入れ、新しく抗しがたい喜びを感じる。そういう事態にならないと断言できるでしょうか。

（「未来に向けて――往復書簡」）

ソンタグの99年のこの言葉が、いまでは予言のようにさえ見えてくる。たしかに一部のケースとして、国境の外へインターネットの窓があいているかのような気持ちにさせる出来事や事件、現象もなくはないだろう。だが、それ以上にその「窓」は、シミュラークルな情報の洪水に侵され、ゆえにその布置すらも理解しがたく、それどころか逆に善意と悪意との混同が常態化し、あるいはファシズムやレイシズムとの癒着、共存が蔓延しているかのように見え、しかもそのリキッドな実体は捉えがたい。現在の正直な感想を言えば、そんな「新しさ」には何の期待もできないという言葉《フレーズ》だけが浮かんでくる。まず隗より始めよ、だ（大江は四半世紀後の「新しい人」に期待すると書いていたが、そろそろその四半世紀後が近づいている)。だが、肝心な話はそこではない。ソンタグはそうした大江の現状認識の稀薄さに加え、作家・知識人としての大江の「人間」理解の甘さ、不確かさについて、次のような断固たる言葉を投げかけており、それがボラーニョの「悪」への眼差しとも呼応してくる。

ここで再び、若者たちとあなたとの会話について考えています。理想主義的な主張に呼応しやすい若者たちの素晴らしい感受性を奨励するにしても、それならば同時に、人間の本性に関する、他の言葉に置き換えることのできない認識を指標として、さまざまな原理的なことを検証する必要があることを、彼らに教示してゆかなければならないと思うのですが、いかがでしょう。

『ヒロシマ・ノート』で、こうお書きになっています。「原爆をある人間たちの都市に投下する、という決心を他の都市の人間たちがおこなう、ということは、まさに異常だ」。

異論を唱えてもよろしいでしょうか。そこには悪意があるのです。残念ながら、異常なのではなく!

(同前、傍線引用者)

註解

＊1 「ボードレールの詩の乗組員たちが企てる旅は、どこか罪人の旅に似ている」(「文学＋病気＝病気」)とボラーニョは言う。ボードレールの「旅」第7節の冒頭にある次の詩片を引用しながら、ボラーニョは、その誕生以来われわれ人類が旅をする、その「旅」の行き着く先は、畢竟「恐怖のオアシス」で

しかないと明言する。

にがい知識だ、旅から得られる知識とは！
世界は、単調でちっぽけで、今日も、
昨日も、明日も、いつも、われら自身の姿を見せてくれる。
倦怠の砂漠のなかの　恐怖のオアシス！

倦怠と行き詰まりから、人類が抜け出す唯一の手だては「恐怖」であり「悪」だとするボラーニョは、現代人の病める心の向かう先が「悪」でしかないことを看取し、また同時にそれを烈しく告発しているかのようだ。つまり、われわれ人類は全てがみな罪びとであり、「ぼくたちは、ゾンビのように、ソーマから栄養を得る奴隷のように生きるか、あるいは奴隷使用者、悪意ある存在になるしかない」ということだ。絶望に根をさらわれた黙示録的な世界観が、ボラーニョにおいてはフィジカルかつアンチノミーに貫かれている印象が濃い。

＊2　大江やテッサ・モーリス・スズキらが唱道する「新しさ」とは、しょせん時流を過度に意識した「目新しさ」のことでしかなかった気がする。ベンヤミン曰く「集団的無意識が生み出すイメージにつきものの仮象的な輝きの根源は、新しさである。新しさは虚偽意識の核心であり、流行はこの意識を倦むことなく売り歩く。」「芸術はみずからの使命に疑いを抱きはじめ、『有用性と切り離せない』ことを

やめた結果、新しさをその最高の価値とせざるを得ない。」（各「パリ——十九世紀の首都」、傍線引用者）。

ここでベンヤミンが使う「有用性」とは、もちろん物質主義的なあるいは消費主義的な意味でのそれではない。「真理」の探求に関わる芸術の思想的価値について述べたものであるだろう。芸術が「真理」の探求という自らの使命を忘れたとき、「新しさ」への指向だけがメビウスの輪のように永久循環《ループ》する。彼ら（大江・スズキ）は、旧来の硬直した「知」の枠組みが新たに再編されることを期待しているようだが、そのような受け身の期待——何らかの新しい価値やパラダイムが必要である、という漠たる期待——ほど、安直かつ無思考なものはないし、逆にその再編は、すでに新世紀以後、悲劇的に（そして不埒なまでに）遂行されつつあると言って良いだろう。再びベンヤミンの言葉。「進歩の概念を、破局の観念に基づかせなければならない。〈このままずっと〉事が進むこと、これがすなわち破局なのである。破局とはそのつど目前に迫っているものではなくて、そのつど現に与えられているものである。ストリンドベリの考え——地獄とは我々の目前に迫っているものではなく、ここでのこの人生のことだ。」（ベンヤミン「セントラルパーク」）。

桐山襲と80年代の言語表象Ⅰ

夢からぬけ出すためには、不可能に触れることが必要である。
夢の中には、不可能はない。ただ、無能力があるばかりである。
（「不可能なもの」シモーヌ・ヴェイユ）

✴

1　忘却された作家

1992年3月22日、享年42歳で夭折した桐山襲は、その10年にも満たぬ創作期間において、10冊の著書（小説集）を刊行しており、編共著を合わせれば計14冊の単行本を上梓している（さらに文庫本を含めれば16冊になる）。が、現在、彼の小説で購読可能なのは、講談社文芸文庫の『未葬の時』（99年）と17年に復刊された『パルチザン伝説』のみであり、他は古書でしか読むことができない。時代は彼を、ほとんど忘却の淵に葬り去ったといっても過言ではないだろう。かろうじて彼のデビュー作『パルチザン伝説』（84年）が、「不敬文学」の一系列作品として一部年配読者の記憶に残っているに過ぎない。（＊桐山の文壇デビューは33歳のときであるから、プロの

作家としては創作期間が約10年ということになる。その間に刊行された単行本には、第三書館から、著者の了解なく出版された『パルチザン伝説　座談会コペンハーゲン天尿組始末』（84年）があり、これを入れて著作（小説集）は計10冊になる。第三書館の本は著者本人の了解がないわけであるし、また、作品社版の『パルチザン伝説』（84年）と内容が重複することから、数に入れないという考え方もあるが、今回は、講談社文芸文庫『未葬の時』（99年）の著者目録（作成・古屋雅子）に準じた。なお、２０１６年5月に陣野俊史が『テロルの伝説　桐山襲列伝』を書いているが、状況はほとんど変わっていないと言ってよいだろう。なお、『未葬の時』は現時点では絶版状態だが、古本なら単行本も文庫本も比較的容易に手に入る）。

　それに、「不敬文学」といっても、深沢七郎の「風流夢譚」（60年）や大江健三郎の「セヴンティーン」（61年）などに比べれば、その内容はさほど過激なものではない。たとえば前者の「（マサキリが振り下ろされて）皇太子殿下の首はスッテンコロコロと音がして、ずーッと向うまで転がっていった」（括弧内引用者）等の不穏な表現は、桐山の作品のどこを探しても見つからない。

　また、『パルチザン伝説』発表の直後、出版社に乗り込んできた右翼団体の抗議も、天皇を「あの男」と表現した点、そして列車爆破による天皇暗殺未遂計画が詳細に述べられていた点の、計2点を「不敬」の理由として上げていたわけだが、桐山も言うように、前者は右翼が鉄槌をくだすほどのことではなく、後者もその4年前に出版された『反日革命宣言』（鹿砦社）のなかに記されている内容を桐山が援用したに過ぎなかった。だいいち、深沢や大江らの「不敬」作品がついに単行本化されなかった[*1]のに比し、『パルチザン伝説』は、右翼からの威嚇を受けた後も、作品社という堅実な出版社から堂々と刊行されていたこと自体、作品内容の（その際どさの）水準を物語ってもいよう。したがって右翼の攻撃を誘発したのは、当時の雑誌『週刊新潮』の煽動的な記事内容にあずかるものが大きかったとする桐山の自解は、おおむね肯うべきものであったと言える。

ところで、この『パルチザン伝説』の、文学作品としての出来は実際どのようなものであったのか？　まず梗概を簡単に紹介しておけば、「これは一九七〇年代の後半、〈M企業〉爆破事件で地下に潜り、その後爆弾製造に失敗し、アパートから逃げ、片目片手を失って亜熱帯の島にひそみ、死を待っているという男の、兄にあてた手紙形式によって書かれた物語である」（『文學界』83年11月）という饗庭孝男の概説に、小島信夫の「親子二代にわたって天皇を爆弾で殺害しようとして、タワイなく失敗する話」（『文藝』82年11月）を付け加えておけば十分かと思われる。伏線として、やや思わせぶりな異父妹の存在などもあるが、こちらの人物造形はまだ十分に熟していなかった憾《うら》みがある。江藤淳が『文藝』の選評で述べていたように、この作品は文体は整っているものの、それが描き出す対象はまだ「ひとりよがりの自閉的幻想」に過ぎず、作者の才能が遺憾なく発揮されたものとはとても思えない。

ちなみに篠田一士が、「劇画風の小説づくり」（『毎日新聞』83年9月28日）という一風変わった評をこの作に与えている。**（＊「劇画風」という評価は、他にも小笠原賢二が、「劇画のように思い切りがよすぎ、いささか鼻白む思いもする」（『週刊読書人』88年4月4日）と『亜熱帯の涙』の終局部を評している）**。篠田はその理由を、実質的にはほとんど説明してはいないのだが、しかしある意味、彼の評は正鵠を射たものであったように思う。先の小島信夫が「タテカンバンの檄文のようなものが小説の文体として生きた最初の例だ」と述べたことと合わせて、この作品のアジテーション的性格、通俗直截な煽情表現は、作者桐山が少年期に愛読したであろう「劇画」の調子をトレースし、それを「小説」に応用したものという風に見えなくもない。「昭和の丹下左膳」「昭和の鼠小僧」「異形な者」〈影男〉はいかなる闇をも見通すことのできる『七つの目』を持っていた」「地の底の大王の如くに」などの誇大な言辞を用いながら、しかし、全体的には叙述が怜悧な視線で統御されており、ある一定の緊張を読者との間に作っている。その意味では、老練な書き手であったと言えるかも知れない。

さて、『パルチザン伝説』のもう一つの重要な特徴は、この作品の「時空間」の設定そのものにある。それは、まず「時間」的には作者自身が説明しているように「一九六八年から現在（82年）に至る〈この時代〉というものを考察し、文学的に表出しようとした」（『「パルチザン伝説」事件』87年）という設定であり、そして「空間」的には「亜熱帯の島」（南島）から本土東京に住む兄に手紙を送り、そのなかに、かつて東京にいたときのテロリスト「僕」の体験を語る、という設定である。60年代後半から70年代にかけては、沖縄返還とイスラエルのテルアビブ空港襲撃事件（各72年）がありそれを挟むようにしてよど号ハイジャックと70年安保、連合赤軍粛清事件・あさま山荘事件（71～72年）と東アジア反日武装戦線による複数の爆破テロ事件の展開と終息（73～75年）が、そして、アメリカ軍のベトナムからの完全撤退が75年で、以後、日本の左翼活動は地下に潜伏しそれに代わるかのようにバブル経済の活況が、国民に幻影としての物質的幸福感をもたらすようになる。注意したいのは、作者自らが申告している「68年」というその年が、吉本隆明『共同幻想論』の刊行された年であることで、以後、71年には谷川健一の『魔の系譜』、72年に吉本「南島論」、77年に島尾敏雄編『ヤポネシア序説』、86年に谷川『南島論序説』、そして吉本が再び89年に「南島論序説」を書き90年代半ばまでの南島論ブームに、という一連の流れがあり、ちょうど桐山の作家生活全体（と『パルチザン伝説』の時空間）が、この南島論ブームのなかに二重の入れ子構造のように内包されていたことになる。すでに『共同幻想論』の刊行時からそうであったわけだが、60年代後半から90年代まで連綿と間歇的に繰り広げられてきた南島論は、72年の沖縄返還に誘発されてブーム化した学問思想であるとともに、昭和天皇を玉座にいただく〈日本国家〉を相対化するためのイデオロギッシュな触媒作用の役目をも同時に果たしていた。60年代後半〜70年代の左翼活動に主体的に参加していた桐山が、70年代の左翼運動の挫折と衰退を一つのメルクマールとして、以後、南島論的なイデオロギーへと進出していくのは、この時期の左翼転向者の動向を見るかぎり、何ら不思議なことではない。

実際、『パルチザン伝説』(84年)以後、『風のクロニクル』(85年)、『戯曲 風のクロニクル』(85年)、『スターバト・マーテル』(86年)、『聖なる夜聖なる穴』(87年)、『亜熱帯の涙』(88年)、『都市叙景断章』(89年)、『神殿レプリカ』(91年)、そして、絶筆『未葬の時』(94年)と、桐山のすべての創作集が南島論の影響下に成立していたように見えるわけだが、それは、南島論がこの作家にとって、回避しえぬ重大な意義を負うものであったからに相違ない。村井紀が言うように、60年代以降の民俗学ブームや南島論ブームは、安保闘争敗北後の左翼活動家(あるいは左翼系知識人)たちが、危殆に瀕した彼らの精神的支柱を確保するために贖い求めた「内的亡命」のためのアジールであり、また、知的迷彩でもあった。ことに70年代の連合赤軍粛清事件と多発した爆破テロ事件、そして全共闘運動解体の経験が左翼活動全般に落とした影響は大きく、見通しを失った〈左翼イデオロギー〉の過半は〈南島イデオロギー〉の方向へと逸散になだれ込んでいった、という見方も成り立ちうる。その意味で、吉本隆明の初期「南島論」(72年)は、国家天皇制を相対化しようとする大胆な企図を孕むとともに、半面、現状の国家権力の趨勢に再回収されてしまう危険とつねに背中合わせの、綱渡り的論攷の試みであったとも言えるだろう。

はたして数多ある南島論の試みの、すべてが「征服/支配」の観点を隠蔽し「深層の日本」という根源的同一性のみを強調するイデオロギーに終始したかどうかは、いまもって再検討の余地があるというものだが、しかし、とはいえこの南島論ブームに聚合した言説が、皇国史観の偏向を正すどころか逆にその補完的役割しか果たせなかったという事実は、少なくともいまの時点では認めざるをえないだろう。（村井紀『新版　南島イデオロギーの発生』岩波現代文庫、２００４年）。とどのつまり今日にいたるまでの〈南島イデオロギー〉の進展は、この問いささかも天皇制を相対化することなどはできなかった、と断じられる。そして、こうした問題はむろん、南島論の影響下にあった当時の桐山もすでに察知しており、87年の座談会（＊反天皇制運動連絡会編『反天皇制運動vol.8』のなかの「座談会『パルチザン伝説』をめぐって」出席：天野恵一・池田浩士・太田昌国・菅孝行・桐山襲）では、彼は自分の初期作品の試みについて次のようなことを述べている。

友人からもよく言われるんだけれど、お前ヤバイもの書いているなァと、そういうことはあるわけですよ。そのヤバさというのは、天皇に関わる事のヤバさっていうことじゃなくて、いま池田さんがふれられたような日本の根源みたいなところで、紙一重間違えると天皇制に行っちゃうところで書いているという、その事を指してそう言われるわけです。本人は全然、そっちに行きっこないと思っているからヤバくもなんともない。本人はそう思っているんですが、ハタからみるとヤバイ。ひとつ間違うと日本浪漫派というような印象を与えているようです。

（『反天皇制運動 Vol.8』）

右の桐山の発言は、池田浩士の質問に応える形でなされており、池田が70年代の南島論の現実的有効性を疑問視したうえで、その非―有効性の延長線上に『パルチザン伝説』も位置するのではないかとの問いに、桐山が率直に答えたものである。南島論的な構想は、天皇制との対決において効力を発揮できぬどころか逆にその天皇制の構造に絡めとられる危険すらあるとする見方は、当時のラディカルな左翼活動家・知識人たちにとって、ある程度了解済みのことであったようだ。桐山は、そうした池田の疑問に対して、左翼活動家（または左翼系知識人）としての立場ではなく一小説家としての立場から、フィクショナルな表現行為を梃子に天皇制および皇国史観との対決を目論んでいることを述べたわけだが、この時点では、まだその対決の内実は明らかにされてはいない。**（＊おそらく桐山が企図していたモチーフは、この座談会が掲載された同じ年（87年）の『文藝』春季号に発表された「亜熱帯の涙」において遺憾なく発揮されていたように思うが、座談会がおこなわれた時点では、池田はまだこの作品を読んでいなかったか、あるいは『文藝』がまだ発売されていなかったかのどちらかであったのだろう。桐山の文学表現の内実については後述する）。**

2　革命思想とユートピア

ところで、暗礁に乗りあげた〈左翼イデオロギー〉が、このように南島論や民俗学の方面に希望の灯を見いだそうとする姿勢は、とくだん物珍しいことではない。古今東西に反復される桃源郷《ユートピア》思想を、革命思想に結びつける例は枚挙にいとまがないからだ。たとえば、中国の古典『水滸伝』――義賊のユートピア譚――を愛読した竹中労と平岡正明は、辺境からの革命を夢見て『水滸伝――窮民革命のための序説』（73年）を刊行、そのなかで、「日本現代史で『水滸伝』が成立しうる場は、一九四五年の闇市と、一九七二年の琉球でなければならない」と声高に宣言した。また、左翼系機関誌『新日本文学』の文芸時評を担当する玉井五一は、島尾敏雄の「ヤポネシアと琉球弧」（70年）を「「日の本」の日本から「ヤポネシア」の日本へという不逞な換骨奪胎の企みは、歴史の深層を空間的に透視して、地味で奔放にわれわれの文学的共和国を構築しようとする、詩的でしかも実践的な構想である」（70年）と評価。いずれも南の島に革命の拠点と理想の郷を夢見る、村井紀がいうところの〈南島イデオロギー〉の発想であり、その発想が70年代に入っていっせいに開花した感がある。また、付足すれば、さきごろ『吉本隆明　1945-2007』（２００７年）を著した高澤秀次も、その原因はいまだ十分に解明されてはいないがと慎重に断わり書きを付けながらも、「『共同幻想論』に見られる吉本の偽史的世界への接近が、そのような意味で、戦後日本社会の閉塞状況からの強烈な脱出願望を抱いた〝団塊左派〟に、格好の現実離れ（それが日本回帰に帰着しないという保証はない）の糸口を与えたことは事実だ」と言明。これら〈南島イデオロギー〉にまつわる一連の言説は、大塚英志が指摘する「全共闘運動からの転向者たちによって八〇年代のサブカルチャーが担われていったのは歴史的な事実としてある」（『諸君！』94年）というもう一つの近接する問題項とも重ね合わせて見たとき、やがて消費資本主義との対決に敗亡してゆく〈左翼イデオロギー〉の、いわば瓦解と敗走を宿命づけられたマジノ線として、この60年代後半から70年代の時空が位置づけられることを意味している。

それゆえ『パルチザン伝説』の主人公「僕」が、三菱重工や三井物産、帝人などの一連の大企業への爆破テロ（74〜75年）を行った「東アジア反日武装戦線・狼」グループ（以下、「狼」グループ）の一員として設定されていたのは、これは、単に作品制作上の素材の問題にのみとどまるものではなかった。なるほど、たしかに「狼」グループは、74年の「虹作戦」で昭和天皇の御召列車を爆破する計画を実際に立てており、その爆破未遂事件がこの小説の目玉であったことは言うまでもない。現に小説の末尾には「使用した資料」として「東アジア反日武装戦線ＫＦ部隊（準）」を著者とする『反日革命宣言』（鹿砦社、79年）が掲げられており、小説の描写（叙述）にもこの本の内容が援用されていたことは、先にも述べた。だが、単に素材上の問題にとどまらぬと私が言うのは、じつはこうした主人公の人物設定自体に、すでに南島論的なモチーフが潜航していたからに他ならない。

ちなみに先の池田浩士との座談が掲載されていた『反天皇制運動vol.8』(87年)に、桐山は、「樹木たちと、死者たちとが」という表題のエッセイを寄せている。そのなかで彼は、「狼」グループらの爆破テロ事件を弁護する言述をおこなうとともに、加えてそこに、巨大資本による第三世界の自然破壊というエコロジカルな問題項を盛り込み、そして、これを全共闘運動の「徹底した精神のいとなみ」(高橋和巳)と結びつける。もう少しだけ噛み砕いて言えば、桐山は、75年2月の間組本社への爆破テロ事件を、単に資本による第三世界からの搾取や収奪という問題にのみ限定せず、彼らがテロ行為にいたった真の要因を、地球規模の環境破壊の問題と連関させながら考察をほどこしていくのである。——じつは「狼」グループの「兵士たち」は、このとき「帝国主義打倒」の政治スローガンを叫んでいただけではない、そこにはより深甚にして隠微な目的意識がともなっていたのだということ。また、彼らは自らの爆破計画に、〈キソダニ・テメンゴール〉という日本と外国の二つの峡谷の名前を付与していたわけだが、それはなぜなのかということ。以上二点について、桐山の説明を紐解いてみよう。


テメンゴールとは何か?

それは東南アジア最大のダム建設によって水没させられようとする土地であり、広大な樹木たちの王国であり、そして武装ゲリラたちの根拠地である。

キソダニとは何か?

それは戦時中に千余名の中国人捕虜が強制労働をさせられていた峡谷であり、数多くの中国人が飢えと寒さと重労働とリンチによって虐殺された場所であり、いまもなお谷間の到る処で日本というものを呪い続けている土地である。

このようにして、東アジア反日武装戦線の間組爆破は、わたしたちの前に〈キソダニ・テメンゴール〉という二つの峡谷の名前を提出した。兵士たち（＊ここでは「狼」グループのメンバーたちを指している）は、何一つ決着のつけられていないこの国の〈戦後〉の時間を遡ることによってキソダニへと行き着き、そして同時に、現在直下の空間をどこまでも進んで行くことによってテメンゴールへと行き着いたのであろう。かつて虐殺された中国人と、現に切り倒されようとする熱帯樹が、兵士たちの中で結び合わされた。そして、爆弾が間組本社で炸裂したとき、その閃光の中に照らし出されたものは、わたしたちだったのである。わたしたちはどこに立っているのか。どのような空間の、どのような歴史の中に立っているのか。〈後略〉

（「樹木たちと、死者たちとが」傍点・丸括弧内引用者。以下同）

テロ行為の正当性を弁ずることよりも、そのテロ行為が結果として、いったい何をわれわれの目の前に「照らし出」すことになったのか、を桐山は問題とする。１９８７年の「現在《いま》」に生きる「わたしたち」は、過去に犠牲となった「死者たち」を忘却するだけに飽きたらず、いまも過去と同じ犠牲者を生みだし、世界の熱帯樹林を濫費し尽くし、そしてその事実を黙許している。それが87年の「わたしたち」であり、ひいてはその「わたしたち」は、この21世紀の現在に生きるわれわれの「わたしたち」でもある。——「そのように時空を自由に往還し、歴史の闇の中から幾多の死者を呼び起こし、そのことによって世界を批判しかつ一人一人の人間の存在の根拠を問うてゆく——そういう作業というものは、本来は〈表現〉と呼ばれる領域だったのではないだろうか」。もちろん、言うまでもなくテロ行為は誤りであり、許すべからざる犯罪である。だが、じつは極限にまで追い詰められた彼らテロリストたちの「徹底した精神のいとなみ」こそが、翻って「徹底した表現の不在という戦後的現実」を「照らし出」していたのだとすれば、それは、「ささやかな表現者であるわたしにも、いや世界をみつめようとするすべての者たちにも」無縁であるはずはない。

『パルチザン伝説』の主人公「僕」は、逃亡生活の果てに南島（沖縄本島近くの孤島）へと落ちのび、その島に住む70歳くらいの「ユタ」（異端の老巫女）と同居し、彼女の言葉を他の島人らに通訳することで、かろうじて自らの「生」を永らえさせていた。この「僕」は、本土の「わたしたち」の共同体から離脱することで、しかし実際には切り離し得ぬ「僕」と「わたしたち」の、歴史的・存在論的な位相をあぶり出そうとするのである。尤も、『パルチザン伝説』においては、まだこのあぶり出しはすぐれた表現の域にまで達してはいない。そして桐山の言うように、本来は「南島論」に見られるような図式的な相対化の作業を通してではなく、文学による表現こそが、このあぶり出しをおこなうべき任にあったはずなのである。だが、戦後から現代にいたる文学は、自らその言語表現の主体の在処《ありか》を晦《くら》ませ、言語表現にともなうべき責任と倫理とを本質的に放棄しつづけてきた。それゆえ「言葉が扼殺された世界――それがこの国の一九八〇年代の風景である」（『パルチザン伝説』）と語る「僕」の「言葉」は、おそらくは同時代（80年代）に生きる「言葉」の力に不信と懐疑をいだく者たちにとっても、また反対にその力にいくばくかの信をおく者たちにとっても、ひとしく理解されざるものであったに違いない。

80年代後半以降、エコロジカルな命題の浮上とナショナリズムへの回帰とがあいまって、一時停滞気味であった民俗学と南島論への熱い眼差しが、再びもどってきた。すでに『風のクロニクル』（85年）で柳田國男と南方熊楠の確執をあつかい、後者の「精神のありよう」に軍配をあげていた桐山は、91年に「森の巨人　南方熊楠」（季刊『長陽』）と「森は真紅の闇をまとって」（『エコロジストジャパン』）の二つのエッセイを執筆。そのなかで、熊楠が起こした神社合祀令への反対運動を、エコロジーの先駆的偉業として評価した。「一九〇六年、いわゆる神社合祀の勅令が公布された。一町村に神社は一つと定め、それ以外の小社小祀は併合廃止してしまおうというのである。つまり、国家神道につらなる神社だけを正統として残し、それ以外の神々は滅ぼしてしまおうというのである。／これは、それぞれの土地で民衆とともに生きてきた名もなき神々の抹殺であると同時に、古い祠を守ってきた神の森への破壊行為であった。／熊楠はこの無謀に対してたち上がった」。中国の革命家孫文との交友があったことで知られる熊楠であるが、はたして彼が革命思想にどれほどの理解を持っていたかは容易には測りがたい。だが熊楠が、「現人神」以前の八百万の神々の棲処《すみか》を守護しようとしていただけでなく、エコロジーの観点からも森林保護を訴えていたのだということは、たとえば次のような彼の文章からも明らかである。

御承知ごとく、殖産用に栽培せる森林と異り、千百年来斧斤を入れざりし神林は、諸草木相互の関係はなはだ密接錯雑致し、近ごろはエコロギーと申し、この相互の関係を研究する特種専門の学問さえ出で来たりおることに御座候。〈略〉／（森林伐採後は）もとより跡へ木を植えつくる備えもなければ、跡地にススキ、チガヤ等を生ずるのみ、牛羊を牧することすら成らず。土石崩壊、年々風災洪水の害聞到らざるなく、実に多事多患の地と相成りおり申し候。

（「神社合祀問題関係書簡」71年、丸括弧内引用者）

われわれは、社会主義運動に挫折して森林保護の思想家に転身した顕著な知識人の例を、チェーホフの名作「ワーニャ伯父」に登場するアーストロフ医師（チェーホフの自画像ともいわれている）の存在でも知っているが、革命思想の息吹に触れた知識人とエコロジーとの間には、何か思想的パイプのようなものでもあるのだろうか。しかしながら、20世紀後半の日本に発生した〈南島イデオロギー〉においては、そうしたエコロジーと革命思想とを結びつける観点はほとんど閑却されており、そこにはおもに日本人の「起源」をめぐる物語――不透明な同一性のそれ――ばかりが反復されていたように見えるのである。（＊吉本隆明が、「南島論序説」（89年）で「アフリカ的段階」と新しい「都市論」とを結びつける構想を披瀝しているが、これも21世紀の現在から振り返れば、バブルの余韻を感じさせる非現実的な構想でしかないように見える。結局、吉本の場合も「起源」に遡行することが彼の最優先課題であって、その遡行が「母胎」へのそれであると彼が主張するかぎり、単に「起源」を求める構想の〈場所〉が、アジアから世界全体［＝地球］へとスライドし巨視化したにすぎない、ともいえる）。

3　人間的価値と消費主義

「起源」への回帰をつねに志向する〈南島イデオロギー〉に比べ、南島に向けられた桐山の眼差しは、いっけん「非現実的な寓話」を望むものに見えて、しかし、じつは「現実」に根ざす人間的価値への烈しい執着に裏打ちされている。彼にとって南島は、「単に大和を相対化するにとどまらず、大和という存在を常に危うくしてしまう」（『沖縄タイムス』1988年4月14～15日）強い潜勢力をひめた〈場所〉でなくてはならなかったのである。その〈場所〉は、夢幻架空のユートピア（語の原義は「どこにもない場所」）であるとともに、たしかに、事実としてそこにある〈場所〉でもあり、つまりは「現実」と「非現実」（虚構）とが交錯繚乱する二重拘束的な〈場所〉でなければならなかった。桐山は、そのような〈場所〉の一つと目される「沖縄」について、次のように語っている。

それはヤマトのように単一で均質化された時間と空間ではなく、重層的で混乱にみちた時間と空間の迷宮だった。実際、米軍のトラックが砂煙をあげている那覇の町はヴェトナムと陸続きだったし、妖精のような娼婦たちのいるコザの路地は神話の奥へと開かれていた。八重山の無人の珊瑚礁に立てば原初の轟きは間近に迫り、パイナップル畑では台湾からの出稼ぎ人が千年の汗を流していた。

（「無何有郷の光と暗澹」91年）

「現実」の効力を担保するために、「言葉」が凍結され、空洞化した80年代は、バブル文化が横溢し、あらゆる人間的な価値が皮相な「物語」として消費され、あるいは「人間主義」を冷笑するがためにその価値は便宜的に棚上げされ、その結果、「現実」と「虚構」とが永久《とわ》に反転しつづける仮象のゆらぎとして世界認識は定着した。シモーヌ・ヴェイユが予見したように、20世紀の本質的な特性は、人間的価値が稀薄化しほとんど消失してしまった点にある。とりわけ「善悪の対立」について無関心になり、それに代わって「自然発生とか、真摯とか、無償性とか、富とか、豊かにすることとかいう言葉」が、「つまり価値との対立関係についてのほとんど完全な無関心を含んでいる言葉」が、「善や悪との関係を内包する言葉以上」に頻繁に使われるようになってしまった。**（＊シモーヌ・ヴェイユ「文学の責任について」51年下半期に執筆と推定）**。要するに、資本主義的な消費価値が人間的価値を凌駕し、皮肉にも消費価値と対決しつづけてきたはずの知識人たち――とりわけ左翼知識人たちが、軒並み消費価値の価値感覚（価値観？）に呑み込まれていったというわけだ。したがって、彼らの人間的価値をめぐる主張や議論が大衆に届かなくなったのではなく（そういう面もまったく無いわけではないが、どちらかというと）彼らが人間的価値を放擲し、「人間」であることから脱離する眼差しを持つほうがより無償の善であると考え、さらにそれを自覚する自分たちのほうが大衆よりもいくぶんかはマシであると錯覚したところに、そもそもの彼らの誤謬があったと言えるだろう。もっと端的に言えば、知識人や作家の「言葉」が、人間的価値よりも消費価値を優先するようになり、個別固有の人間的価値（罪、倫理、愛）を探求するうえに本来欠くべからざる認識の「主体」（＝中心性）を手離してしまったからこそ、彼らの「言葉」がまったく大衆に届かなくなってしまったのである。


一般的に、二十世紀の文学は本質的に心理学的です。ところで、心理学とは、さまざまな魂のさまざまな状態を、価値の識別をすることなく、あたかも善悪が魂の外部にあるかのごとく、あたかも善への努力がどんな人間の思考のどんな瞬間にも欠けていることがありうるかのごとく、同一平面上に並べて描写することにあります。

作家は道徳の教師である必要はありませんが、人間の条件を表現しなければなりません。ところで、あらゆる人間にとってあらゆる瞬間に、善と悪ほど人間の生に本質的なものはありません。文学が偏見によって善悪の対立に無関心になるとき、文学はその機能を裏切り、優越を主張できなくなります。

（シモーヌ・ヴェイユ「文学の責任について」）

桐山は、「言葉の死」（言語の空洞化）をひたすら凝視しつづけた者として、記憶にとどめるべき作家である。彼の二作目『スターバト・マーテル』（86年）は、いわゆる連合赤軍粛清事件（71〜72年）を題材にしたものであるが、メディアを騒がせたあの陰惨なリンチ殺人事件は、とりわけ左翼陣営の人々から「言葉」の力を奪うものであり、それは当時左翼活動に積極的に参加していた彼においても同断であった。年譜をひもとくと、リンチ殺人事件が発覚した翌年の73年から『パルチザン伝説』を『文藝』に投稿した前年81年までの記載がまったくの空白になっており、彼がこの時期、いっさいの「表現」活動を断念し、沈黙の底に身をひそめていたことが窺える。「――この十四人の死を伝えるニュースが国じゅうを覆ったとき、国じゅうの到る処で叫び声が聞こえ、十四人の二倍の人数の者たちが夜の中で狂い、十倍の人数の者たちが完全な盲となり、さらに百倍の人数の者たちがいっさいいの言葉を発することを止めていった〈後略〉」（『スターバト・マーテル』）。

おそらく桐山は、バブル経済・文化が氾濫するシミュラークルな「現実」のなかに位置していては、もはや「言葉」の力を回復することはできないと直観したのであろう。彼の主人公が、しばしば南島を志向し、その〈場所〉に住む呪的な語部《かたりべ》との交信を通して重唱的に「物語」を語ろうとしたのは、彼が実際に暮らしていた「東京」という時空が、皮相な言語に占拠された、閉塞感をもたらす〈場所〉であったからに外ならない。不思議なことに、「言葉」がその本来の力を失っても、「わたしたち」の世界はさらに豊かになり、物質的欲求は満たされ、とどめるべき過去の記憶は在りし日の幻影として消費（忘却）されていくばかりだった。ほとんどすべての現代作家が、80年代のバブル文化と消費資本主義に傾斜し吸収されていくなかで、桐山は、ひとり左翼系の小説家としておのれの孤塁を守り、日本人がたどった歴史的事実とその誤謬とに、最後までこだわりつづけたのである。

……私の描いたのは、現実と非現実の境い目からにじみ出てくるような島の物語だった。永遠の時間と具体的な歴史との危うい接点に位置しているような物語だった。

私の小説が、一方では「非現実的な寓話」と呼ばれたり、また一方では「歴史的な事実への固執」と言われたりするのは、どうやらこの辺に由来しているにちがいない。

（「《幻境》としてのオキナワ」）


『亜熱帯の涙』で作者は、全共闘運動が遺した功罪とその歴史的意味とに固執しながら、しかし、それを合理精神やノスタルジックな感傷で記述するのではなく、詩的寓意と大胆なメタファーを用いて、「現実」と「非現実」とが交錯する独異な世界を造り上げている。文芸批評家の小笠原賢二が、「ラテンアメリカ文学的な超時空の骨太で破天荒な〝ホラばなし〟の活力が本書にも脈打っている」（「〝革命幻想〟への思い入れ」『週刊読書人』88年）とこの作を評しているが、その壮大なフィクションは、神話か旧約聖書、あるいはホメロスの叙事詩などを連想させ、読む者を唖然とさせる。古代の南島に、理想郷を一から創設しそれが現代にいたり滅亡するまでの悠久の時の流れを、強引に一冊の小説（約220頁）のなかに詰め込む手法については、いささか難もあったとはいえ、だが、それが単なる〝ホラばなし〟に終始していないところに桐山の骨頂があった。無人島の開拓と道路建設、日時計の設置、原始共産制、人口急増など創世期のユートピア譚が自在に繰り広げられるとともに、末端肥大の大男比嘉ガジラーチンと大女ムホの恋愛などＦ・ラブレーの小説を彷彿とさせるユーモラスで奇抜な挿話も多い。その反面、「形容過剰」「荒削りで隙間が多い」文体、「生硬な言い回し」「気迫が空転している」という厳しい評価（小笠原）も受けており、それもまた一概に否定はできないわけだが、しかしそうした短所を踏まえつつもなおこの作品が光彩を放っているのは、おそらくは「現実」に根ざす人間的価値への揺るぎない作者の信念が、「語り」の強度を高めているからであろう。
この作品において「語り手」は、もはや作者自身を思わせる「僕」という一人称でも、あるいは呪的な語部と「僕」とがかたちづくる重唱でもなくなっている。あえて言うならば、それは、〈太古の時空〉と〈現在の時空〉とを自在に往還できる、あのW・ベンヤミンが「物語作者」（1936年）のなかで賞賛していた、N・レスコフ式の「語り」の在り方に近いものである（実際、桐山はベンヤミンの書物を耽読していた）。その「語り」は、真理の叙事的側面を重視するがゆえに、歴史と経験、記憶の堆積のなかから、より深遠な「人間」の叡知を掘り起こそうとつとめる。たとえば主人公比嘉ガジラーチンの「千年が一日のように過ぎていった」というアフォリズムは、「時間」の永遠性と対面したときの自己の卑小さの認知であるとともに、その永遠の「時間相」を吾がものとする視座を、彼と「語り手」に与える契機ともなり得ている。作品のエピグラフと本文の冒頭を確認しておこう。

子供たちよ
よく憶えておくがよい
あの島では
人間がひとり残らず死に果てた
そのことは
三度繰り返されるだろう

（『亜熱帯の涙』エピグラフ）

作品を通読すればわかることであるが、「三度繰り返され」たのは、南の島に創設されたユートピア（＊**桐山にとっては「共同体」であり、ひいては「人類の文明社会」をも暗示している**）の崩壊と島民の滅亡であり、それが過去（一度）――現在（二度）――未来（三度）と、永続的に、そして円環的に反復されることを意味している。その島にまつわる不吉な伝説（エピグラフ）は、島に移り住む以前から彼らがすでに耳にしていたもので、作品冒頭の本文でも「その島はかつて人間の死に絶えた島――すべての人間の死に絶えた余りにも不吉な島」と、「語り手」によってあらかじめ黙示録的な予言がほどこされている。

作品の前半第1部が、南島における共同体の創設譚で、後半第2部はその共同体が、日本を連想させるとある軍事国家からの侵略・統治を受け、それに抵抗する島民たちのなかから革命軍（パルチザン）が生まれるものの、最後には軍艦からの砲撃と3日間つづいた嵐とで島民たちは全滅、再び島は無人となる、という急転直下のプロットである。作品冒頭で、島にたどり着いたばかりの比嘉ガジラーチンとその妻ウパーヤが目にする「人間の骨で出来ている」「白い砂浜」が、再びラストで同じ「白骨で埋め尽くされた砂浜」に永劫回帰し、「語り手」は、その永遠にして円環的な「時間相」を完成させる。「こうして、亜熱帯の地の底の世界に過去と未来とを視てしまったことによって、革命軍は時間の円環というものを獲得した。あおざめた細い空洞を覗き込みながら、彼らは生まれる前の世界と死後の世界とを、自分たちの瞳によって繋ぎあわせた。つまり彼らは、幾十日も続いた地下の生活の中で、遂に永遠の存在になろうとしていたのだった」（『亜熱帯の涙』第2部）。

すでに天野恵一が指摘している（『インパクション』92年）ことだが、桐山の創作モチーフの根底には、つねに過去の時間や過去の体験に対する、つまりは「記憶」に対する独特の深慮がはたらいている。「記憶」は彼にとって、揺るがせにできぬ「人間」の知力であって、それはおのずから倫理的なものと繋がっているか、あるいは倫理的なものを発動させるある何ものかである。彼の愛読したベンヤミン流に言えば、「記憶」は「生」の全体に立ち返るための能力であり、また叡知なのだ。あるいはこうも言える。過去（の記憶）は、それを批判（裁定）すべきものではなく、受け入れるものだ、と。したがって、ジークムント・フロイトの学説に関わる次のような「記憶」についての記述は、桐山にとっては到底承服しがたいものであっただろう。

彼（フロイト）はまた――そして、これは絶対に重要なことなのだが――体験のなかでも特に昔の体験の記憶はあらゆる種類の歪曲を受け、起源の異なる要素を混ぜ合わせてしまうということ、そして、筋道の通った正確なかたちで意識に想起されることはめったにないということも強調した。〈略〉さらに、確実だとか現実だと見えるものの多くが流砂のような不確かなものに立脚していることを指摘したという点で、フロイトは「回復記憶ブーム」の父というよりは、むしろポストモダニズムの父と見なされるほうが正確である。

（フィル・モロン『フロイトと作られた記憶』２００４年、丸括弧内引用者）

「記憶」の不確定性を事ありげに提唱する者は、現在時の観点（判断）を無謬化している、とまでは言わないが、少なくとも現在時の認識（観測点）を最善の拠りどころと見なしていることは間違いないだろう。これは現在時を、ある程度まで過去の時間と切り離して定立できることを思考の前提としている（アドルノが批判する「無時間性」だ）。「記憶」はこの現代において、一般に、歪曲を受けやすいもの改変可能なものとしてほぼ定位されているようだが、それはもちろん、モロンの言うように、フロイト以降に論理化され、普遍化してきた結果もたらされたある種の概念である。だが、実際にはどうなのか？　フロイトの言うごとく「現実性という確固たる基盤は消えてしまった」「流砂のように」（フロイト『精神分析運動史』１９８３年）と言うのであれば、われわれはもとより現在時において過去を正当に評価することなどできはしない。これはあまりにも自明である。むろん、「記憶」への懐疑と不信は、一部の軽薄なポストモダニストたちが示唆したものでしかなかったとも言えるわけだが、しかし、それが世間知（定見あるいは通念）としてこの現代社会に広く蔓延している事実も否めないはずだ。

桐山は、概してそのような現代風の、ポストモダニッシュな「記憶」理解とは一線を劃している。なぜなら彼にとって、過去から現在、そして現在から未来へと推移する時の流れは、決して切断されてはならない筋のものだからである。彼にとって記憶の母胎たる時間は、「生」あるかぎり実存的に、永遠に持続しつづけねばならず、それゆえ過去の時間は、現在の名において純客観的に対象化されうるようなものであってはならない。過去の時間を現在時と切り離し、差別化することによって必然的に生じる内面性の欠如、そして、現在の瞬間瞬間の感覚（情報）に価値を特化する消費主義的な判断姿勢こそが「人間」の存在を浮薄な昏迷にみちびいているのではないか、というのが桐山の見解だからである。したがって、彼が金科玉条とする「歴史的な事実への固執」とは、「歴史的な事実」に対し差し向けられたクリティークでも、オマージュでも、ましてやルサンチマンでもなかった。それは、過去（記憶）を自らの内面性の課題として深く倫理的に受け入れること――ヴェイユ的にいえば「過去を愛すること」――を指して述べた言葉なのである。そしてまた、それこそが「物語作者」にさずけられた、最も基本的にして不可欠な「語り」の能力であったのだ。

天野恵一も自論に引用している「過去（記憶）」についての桐山の考察を、私も以下に紹介しておきたい。これは、１９９０年5月19日に、千駄ヶ谷区民会館ホールで行なわれた集会「いま『反日』を考える――『東アジア反日武装戦線』逮捕から一五年目の日に」での彼の発言を、後日、論集に収録したものである。

こういう物語というのは非常に多いわけです。学生の頃は活発に学生運動をやり、そこでラディカルな精神を身につけて今は企業の改革に努力しているとか、あるいは全共闘体験で、すべてを疑うという精神を身につけたお陰で作家として成功しているとか、まるでラグビー部で身体を鍛えたので今も元気でやってます、みたいな話です。そういう話というのはとても多いんですが、私は大嫌いなんですね。／何故嫌いかというと、過去というものが現在のための単なる栄養になってしまっているからです。過去にこういう栄養がありました、そのお陰で現在はこんなに大きな樹がすばらしく茂っています、という具合に。／そうではなく、過去というものがあったのなら、それから一〇年、二〇年たっている現在、われわれはその過去をもっと豊富にして、豊富化された過去によって逆に今あるわれわれの姿が照らし出される、われわれの歩いていく道が照らし出される、そういうふうに過去を豊富化する作業がなされなければならないと思うんです。

（『反日思想を考える』軌跡社、91年）

「過去を豊富化する作業」とは、単に「過去の事実」に解釈をほどこしたりそれに批判を加えたりすることではない。と言うのも、桐山の主張する「歴史的な事実への固執」が、もしも散文理論の指示的言語によってのみ執りおこなわれるのであれば、それは結句、〈左翼イデオロギー〉が頻々に陥った教条的なラディカリズムに再び帰着するだけのことであるし、他方、そうしたドグマから逃れて地平線の彼方にユートピアを志向するのであれば、それは想像的主体を超えることはできないからである。そして問題は、この二つの方向性を、日本の戦後思想が内的矛盾を抱え込みながらそれをついに内面深化させることなくダブルスタンダードのままに推し進めていったという、今日にまでいたる経緯《プロセス》である。この経緯《プロセス》は、「自律的主体の漸次的衰滅」（M・ジェイ「審美理論と大衆文化批判」73年『弁証法的想像力』みすず書房、75年）というポストモダン特有の現象過程ともほぼ同根の布置関係にあり、また、村井紀が指摘していた〈南島イデオロギー〉の、あの一貫した「起源」への回帰志向とそれにともなう責任主体の欠如とも類比できる現代の病弊に他ならない。桐山は、こうした現代のアノミーに対して、「過去」を「現在」の変革のための積極的なモメントとして活かしうる可能性を、「物語作者」の根源的な「語り」の力に見いだそうとしていたわけだが、その意味で、『亜熱帯の涙』に展叙されていた豊艶な文学表現は、「物語作者」がそなえる「叙事的能力」（ベンヤミン）を、いくぶんかはこの現代に継承したものであったと言えるだろう。

桐山の小説手法を「神話的リアリズム」と名づけたのは、文芸批評家の小林孝吉（『存在と自由』97年）であるが、たしかに神話的な「過去」の時間を「現代」に移植したかのような桐山の小説世界は、単なる始原的世界への憧憬や現実逃避の願望に由来して造られた夢の世界ではなかった。その蠱惑的でアニミスティックな太古の世界は、しかし、どこまでも現在時との紐帯を失わぬがゆえに、現代《いま》の「わたしたち」を照らし出す一つの跳躍（自己超克）の契機ともなりえていた。ちょうど『ガリバー旅行記』の寓話世界がイギリスの同時代社会への完膚なきまでの諷刺であったように、桐山の描き出す神話的世界は、近代以降の文明世界の内実――特に日本のそれ――と複雑玄妙なコレスポンダンス（照応）を形成している。たとえば主人公比嘉ガジラーチンの執拗なまでの時間概念の探求や姓名制度に向けられた諷刺、視覚優先の文明に対するイロニーなど、思った以上にこの作品の登場人物たちの感性は、現代生活に深く根を下ろしている。しかも、それでいて不自然な印象を読者に与えないのは、この作者が個々の題材をいったんは自分自身の「生」のなかに深く沈め、そこに溶かし込み、再びそこから錬成されたものを引き揚げるという内的な作業をほどこしているからである。悠久を思わせる無人島の白い砂浜が、じつは「すべて人間の骨で出来てい」たように、つまりアルカイックな手つかずの自然のなかに、現代人の「生」の痕跡が覗いていたように（しかもそれは受苦の痕跡に外ならない）。あるいはその逆のパターン。現在時に生きる比嘉ガジュラール・ガジュラール（ガジラーチンの子孫）が古代の書物を読んだときに、まるで「自分が世界の中心に位置している」ような感覚をおぼえ古代人の感受性と同化しつつ、けれどもその書物を現実世界の矛盾を乗り超えるための「真理の書」として過重に受けとめていたように。この作者の「語り」は、時間の階梯を自在に往還しながら、神話的時空のなかに招き入れた読者を、しかし、決して夢見心地のまどろみの部屋に幽閉することはなかった。

かつてアドルノが言ったように、大衆文化の基本的性格の一つには、たしかに「歴史的発展に神話的反復を代置する」（**＊原典は、Wilder Hobson の *American Jazz Music* と Winthrop Sargeant の *Jazz Hot and Hybrid* との書評。SPSS IX,I(1941),p.169 に掲載**）という悪しき傾向があり、その傾向は結局、大衆を「現実」から疎外し保守的な「現状肯定の諸勢力」に屈伏させる結果へと多々みちびいた。同様に、日本に発生した〈南島イデオロギー〉の場合も、たとえその目指したものが当初は「国家」「天皇制」の相対化であったとしても、結果的にはその「起源」への遡行は、つねに保守反動路線の補完的な役割しか果たせなかったという事実。この歴史が教示する事実から、われわれは決して目を逸らしてはならないだろう。言うまでもないことだが、「過去」は、それを欲望したり感傷的に取りもどそうとしたりするだけでは、結局、皮相な「過去―物語」の消費を反復することにしか繋がらない。それを欲望するのではなく、「愛すること」（ヴェイユ）。「記憶」と「経験」の固有の価値を理解し、それを受け入れること。いみじくも、スーザン・ソンタグがその卓抜なベンヤミン論のなかで指摘していた、ベンヤミンの「記憶」についての思想が、そのまま桐山の思想とも合致しているように思われる。

ベンヤミンは想い出せる過去のすべてが未来を予言するものと考える。なぜならば、記憶の力は時間を崩してしまうからだ（自分を逆向きに読むこと、彼は記憶をそう呼んでいる）。〈略〉ベンヤミンは過去を取り戻そうとしているのではない。過去を理解し、それを空間的なかたちに、未来を予言する力をもつ構造に圧縮しようとしているのだ。

（S・ソンタグ「土星の徴しの下に」78年、みすず書房07年）

大衆好みの神話的時空は、われわれをマトリックスな夢のなか（ユートピア）へと誘いこみ、自己忘却をうながし、「過去」を「完全な過去」――無時間性の「過去」へと変容させる。だが、すぐれたユートピア思想は、古来よりつねに現状へのプロテストをその要素として含むものであったはずだし、また、「過去」をつねに倫理的にとらえかえす眼差しがそこにはそなわっていたはずだ。「過去」から「現在」への持続する時の流れのなかで、われわれは記憶を実存的にそして受苦的に受けとめてこそ、はじめて「自己」を擁立することができたのではなかったか。それゆえ、われわれ「人間」にとって原初的な時間を指す言葉――「永遠の現在」とは、本来、それは畏怖すべきフレーズであったのかも知れない。いわば、神（真理）への「畏れとおののき」（キェルケゴール）。周知のように、ベンヤミンのほとんどすべての論稿には、神学的なアプローチが企まれていたわけだが、そのベンヤミンを愛読していた桐山の文学にも、おのずとキリスト教の精神が某かの影響を与えていたように私には見える。もっとも、残念ながら彼の年譜には、そのことに関する記載はいっさい無い。だが、少なくとも11歳のときに亡くなった母八重子が厳格なキリスト教徒（メソジスト）であったという事実については、ここで改めていくばくかの注意を払っておきたい。

4　キリスト教の精神

「不敬文学」の烙印を押された作家であるがゆえに、桐山は、生前その経歴はほとんど知られていなかった。没後に作られた年譜の記載も、49年7月、東京都杉並区に生まれ、青少年期をそこで過ごしたこと。11歳のときに母八重子が病没し、15歳のときに父團吉が再婚したこと。22歳のときに早稲田大学第一文学部哲学科を卒業し、東京都教育庁に就職したこと。そしてその後、いくつかの左翼運動、労働運動等に参加したことなどが書かれているくらいで、処女作「パルチザン伝説」を投稿する33歳より以前の履歴は、ほとんど何も記されていないにひとしい。彼の母親がメソジストであったという事実は、86年の『文藝』夏季号の特集〝さまざまな〈在日〉〟に寄稿した彼のエッセイ「脅迫状に書かれている幾つかのこと」のなかで初めて述べられており、また、肉親の実話が具体的に彼の文章に登場するのは、管見ではこれが最初で最後である。

エッセイの内容は、表題からも推察される通り在日外国人の差別問題についての考察であり、母親についての記述はその枕に使われた短い挿話でしかないのだが、しかし、これを読むかぎり母八重子が幼少期の彼に与えた精神面での影響が、かなり甚大なものであったことが窺われる。桐山がまだ小学校低学年だったころの記憶——在日の生徒たちへの差別は、当時のような戦後まもなくの時期（50年代後半）では、少なくとも教室のなかではほとんど感じることがなかった、という昔話を皮切りに、次のように彼の回想が順次展開されて行く。

やや長きに失するが、煩をいとわず引用しておきたい。

　実際、私の担任の教師の口癖は「人間はみんな同じだ」というものだったから、外国籍の生徒たちと私たちの間には、排外的と呼ばれるような雰囲気はなかった。

「人間はみんな同じだ」——この言葉は余程担任の気に入っていたとみえて、繰り返し私たちの前で語られた。だからその言葉は、静かなる外部注入といった風情で幼い私の頭の中にまではいり込んでいたにちがいない。というのは、或る日、下校してから、私は何げなしにその言葉を母の前で言ったようだからである。どのような話の中で私がその言葉を口にしたかは良く憶えていない。だがともかく、私はその言葉を言ったようである。すると、私の話を聞いていた母は、かなりはっきりとした口調で、次のように言ったのであった。

「人間はみんな同じではありません。いいですか、人間はひとりひとり違っているのです。ひとりひとり違っているからこそ、誰もがみんな大切なのです」

——メソジストであった母が、どのような道すじを通ってこのような考えにたどりついたものであるか、いまとなっては確かめる術はない。だがその母の言葉は、実に静かな、深い影響を私に与えてくれたようである。

　そして、歴史的にみるならば、その後のこの国の歩んだ道程というものは、私が教師と母から聞かされた二種類の言葉が、共に勝利し得なかった歴史であると言えるのではないだろうか。「人間はみんな同じだ」という普遍の原理は、実はそれ自体が「日本人はみんな同じだ」という旧い言葉の同心円的拡大にすぎなかったという弱点も手伝って、みるも無惨に打ちこわされ、現在では単なるタテマエとしてすら姿を保てなくなっている。そして、私の母が示した個別の原理はといえば――少数の、実に少数の者たちだけに受け継がれながら、この国の人びとの精神に甚だしく反する言葉として、細々と伝えられているにすぎない。

（「脅迫状に書かれている幾つかのこと」）

「人間はみんな同じだ」という「普遍の原理」よりも、この作者が母親の「個別の原理」を上位に置いていることは、あまりにも自明である。そして、その「個別の原理」は、キリスト教の精神風土から発祥したものであること、これも明らかであろう。個別固有の人間的価値の探究こそが、母親を経由して幼い彼の頭脳に注入された思想であったのだ。ちなみにメソジストの宗教上の特徴は、①謹厳でピューリタン的な要素、②霊的《スピリチュアル》なものへの強い志向、③現世において神の国を実現しようという強烈な社会変革意欲、などが挙げられる（平凡社『世界大百科事典』の記述に基づく）が、これらの特徴のうちどれもが桐山の作品傾向とも符合してくるのである（ことに『亜熱帯の涙』以降の作品に）。

とりわけ最後の作『未葬の時』は、作者自らの目前の「死」を素材に、まるでキリスト者のような透明静謐な眼差しで「人間」の受苦の姿を写しとっている。この作品は、作者が抗ガン剤を投与され闘病生活を余儀なくされた年の翌91年8月から書き起こされ、半年後の92年2月に脱稿している。脱稿した月の翌3月に彼は死去しており、文字どおりの絶筆となった。作品の内容は、自分の遺体が火葬場で荼毘に付され、骨を拾われるまでの数時間の光景――未葬の時――を克明に、しかも幻視的に描きとったものである（文庫本で30頁程の短篇小説）。この作においては、もはやそれまでの過剰未成な表現もしずまり、無駄のない淡々とした、それでいて迫真力のある文体になっている。

作品冒頭のェピグラフ「……されば新に死たるまゝにて／未葬《イマダハフ》りあへざるほど……」は、作者が本居宣長の『古事記傳』（吉川弘文館、明治35年、巻30）から引用したもので、神託に背いて新羅征討を拒否した仲哀天皇が、神霊の祟りで崩御した、その遺体を一時的に安置した場所（殯宮）について、宣長が説明をほどこした箇所からの一節である。このエピグラフで、作者は明らかに自分の「死」を、新羅征討を拒んだがために崩御した仲哀天皇の「死」になぞらえており、さらにそれを、作品執筆の二年前に逝去した昭和天皇の「死」とも対比している。他国を侵略して長生した男の「死」（昭和天皇）と、侵略を否定し早死した男の「死」（桐山、仲哀天皇）とを、対等に並べて比較するアフォリズムになっていることがわかる。

だが、この『未葬の時』においては、もはや右に示したような批判的な調子は目立たなくなっている。そうした調子は、すでに滓のように作品の底深くに沈澱しており、代わって透明静謐な緊張感が、作品の全篇には漲っている。そこに描き出されているのは、たしかに自分の「死」、間近に迫る桐山自身の「死」であるのだが、それをあたかも遠い惑星に住む見知らぬ誰かの「死」でも眺めるように、この作者は突き放して描くのである。病院での長い闘病生活の苦痛を、ヒロニムス・ボッシュの宗教的な地獄画に譬える作者は、その闘病の苦しみが、現代医学の進歩のために長く不必要に引き伸ばされてしまったことや、医学の進歩が、結果的に「死」を看取る近親者たちまでをも苦しめていることを憂慮するが、しかしこの作者は、「死」にとらえられた自分の運命を決して自身のためにだけ悲嘆することはなかった。

それゆえ火葬係が、「くさいな、癌は」と小さくつぶやいた後につづけられる凄惨な屍体の描写も、リアリズムの筆致でそれを描いたというよりも、その「死」が神の祟り（という誤った歴史——物語）に抗う「死」であることを、「語り手」がただ静かに暗示しているだけのように見える。そう、すべての光景がアレゴリカルで、暗示的なのだ。だから普通の屍体が一時間半で焼き上がるものが、癌患者の場合は二時間以上かかる、とささやく火葬係の迷信臭い話も、なぜか読み手はすんなり納得させられてしまうのだが、その種の不条理な話はいつも、釜の裏手にある火葬係の控室のなかで、教会を思わせるステンドグラスの柔らかな光に照らし出されながら、寓話のように淡々と物語られるのである。また、そこに漂う静謐さは「諦念」といったものではなく、「無常観」や「冷厳なリアリズム」といったものでもない。なぜなら火葬係も、「語り手」も、待合室にいる彼の妻さえも、屍体が奏でる同じ一つの幻想的な楽曲の中に、互いの想いを交差し合っているからである。逆に言えば、じつは主要な登場人物の「声」——思想は、すべて作者桐山襲その人のそれだと断言しても良い。だが、それでいてそのことが決してこの作品の不備になっていないのは、登場人物一人一人の「声」が楽曲における自律した各パートのように、見事なまでに形象化されているからであろう。

ベンヤミンが言うように、現代の小説は個別の「記憶」や「経験」に基づくのではなく「情報」の集積によって成り立っている。そのため小説内の事象はある程度までリアルさを強いられ、説明のつかない不可思議な出来事はおおむね淘汰されてしまう。たとえ異常な事件や神秘的な出来事を扱った場合でも、どこかしこに「科学」や「常識」の目を光らせた審判者《ジャッジ》がいて、「語り手」とともにあるいは「語り手」や登場人物と一体化して小説世界のなかに彼の居場所を作っている。ところが桐山の小説、とくに『亜熱帯の涙』以降の小説においては、そうした審判者の存在はほとんど影を薄くして、後景に身を引いている。たとえばいま論じている『未葬の時』では、火葬係の男が釜のなかの屍体（桐山自身と思われる男）の焼き上がり具合を点検したときに、まだ「炎の中の屍体が僅かに動いて」いて「死人の二つの耳だけが最後まで生き残っていて、何年も前のじいさんの話を聞いていたのかも知れなかった」と内的独白をする場面があるが、その光景を見ているのは、火葬係という安定した視点人物であるよりも、いっそその光景を見られるはずのない夫（桐山）かまたは「語り手」であるのだろう。しかもそれはあまりにも奇怪な光景（幻影）であるから、その場面に対する読み手の判断が揺れ動き、解釈も多重多層化してくる。ここにいう「何年も前のじいさんの話」とは、火葬係の男と二年前に死んだ彼の老先輩との仕事中の雑談を指しており、それを屍体の耳（しかも耳だけが生き残って！）が聞いたとすれば、「時間」を超越してその話を過去の屍体が聞いたということなのか、あるいは火葬係の記憶の中にまたは彼の内面心理のなかに入り込んで屍体の霊が聞いたということなのか、それともじいさんが霊となっていま火葬係の心のなかに入り込み昔話を繰りかえしたのか、それともそのような勝手な妄想を火葬係がいだいたということか、それとも死を前にした作者がそのような光景を幻視したということなのか、それとも…という具合におそらく何十通りもの解釈が生まれてくる。もちろん、現代小説でもこういった多様な解釈を喚び込む描写が無いわけではないが、それが桐山の場合、格段に多いのである。

もう一箇所だけ見ておこう。火葬場の待合室のざわめきのなか、夫（桐山）の遺体が焼き上がるのを待つ妻は、火葬にかかる時間の長さについて、ふと「早ければ早いほど良いのに――」と考え、さらに「電子レンジみたいに、一分か二分でチンと軽やかな音がして、屍体が骨になってくれたらどんなに気が楽か知れない」と奇異なことを思いつく場面がある。これも、妻の内面心理というよりは、どちらかといえば夫か「語り手」のそれに近いものである。むろん、長い闘病生活を支えてきた妻なのだから、疲労のあまりに奇異なことを思いつくことはありうる、とただそう解釈しておけばよいのかも知れない（そういう解釈が間違いだといっているのではない）。が、どうもそのようにだけ思えないのは、やはりこの作品においても、この作者の「時間」や「記憶」に対する独特の思想が覗けて見えるからである。たとえばこの場面、長い苦労をかけてきた妻に対して、もうその重荷をおろさせてやりたいという夫の気持ちがまざっている、と自然主義的な解釈を与えることも可能だ（それも間違ってはいない）。だが、もちろんその程度のことではないようだ。なぜなら、話はこうつづくからである。

釜から出てくるあなたの白い骨を見たら、きっとわたしは喪が明けたように感じるわ。三カ月間という腐れゆく肉体の期間が終って、わたし自身、なんだか清浄な処へ戻れるような気がするの。あなたにも分かっているでしょう?生きている者は誰も、死んだ者が骨に変わったのを見て、はじめてひと安心できるのよ。いえ、安心というより、屍体への恐れから　脱け出すことができるのだと思うわ。屍体というものは、なんといっても恐ろしい――。肉や内臓が腐れゆき、骨へと向かっていく道中は、恐るべき暗黒だわ。死人はいつ屍体へと還ってきて所有権を主張するか知れないし、腐れかかった肉体は、いつ口を開いて、何か兇々しい言葉を喋り始めるか知れない。……火葬というのは、きっと、その恐怖の時間を短縮するために発明された技術なのね。屍体を少しでも早く骨にしてしまうこのちょっと暴力的な技術は、だから、生きている者たちのすべてから歓迎されているんだわ。誰も口には出さないけれど、誰もが「早く、早く」と願っているのよ。

この時間――この待合室の不安定な時間は、まだ生きている者たちが、必死で恐れに耐えている時間だと思うの。まだ葬り終らぬ死者からの穢れに身を固くして、必死で耐えている時間だと思うの。だからこの時間は、短ければ短いほど良いのだわ。できることならば、電子レンジみたいに……。

（『未葬の時』）

そもそも「時間」が「短縮」されれば良いと、本当に作者は思っているだろうか。「短ければ短いほど良い」と。おそらく、そうではあるまい。妻の心理に寄り添って語られるこの内容は、世俗的な意味合いにおいて作者が容認していることではあっても、作者の願望そのものではないはずだ。もちろん「人間」は、一般に「死」の事実を凝視することをためらい、多くの場合これを忌避する。凄惨な場面、醜悪な光景を眺める「時間」は誰でも短いほうが良いと考えるだろう。

だが、その待合室の「不安定な時間」に耐える「時間」――「死」を見つめるのには十分な「時間」こそが、じつは「人間」の個別の「生」を「伝承可能な形式」つまり「物語」へと変容させることができる創作の母胎（苗床）なのである。その「時間」を、現代人は文明の進歩とともにいよいよ短縮させ、「経験」や「記憶」への敬意とそれらからの学びを手離し、何よりも、「人間」にとって最も本質的な不可能を意味する「死」から目を背けている。ベンヤミンが言うように、現代人は日常生活においては「死を除去された空間に住」み、「「永遠」という新築家屋の壁が乾くまで家賃なしで居住する住人」である。もちろん「死」が訪れれば、即座に「永遠」の家屋から彼らは追放される憂き目に会う。だが、その瞬間が来るまで、彼らは夢のなかに在るときのように、決して本当の意味での「不可能」を知ることはないのである。「永遠の現在」とは、本来、このように「死」（不可能）をするどく覚知したときの世界認識なのであって、夢のなかに密封された至福のまどろみを指す言葉ではなかったはずである。

「まだ体を持っている彼らも、実は自分と同じように未葬であるにすぎないのだ」と、すでに霊となって火葬場の煙突から天に昇りつつある夫（桐山）が思う。いま、すべての「人間」がじつは自分と同じ未葬の時をすごしているのだ、と（そう思っているのは生前の桐山ではあるが）。しかし、いっぽう、妻はどうか。妻は、「ああ、それにしても、なんて不安定な時間なんだろう」と重ねてそれを感覚的にとらえるものの、次の瞬間、意識は夫（桐山）の遺体のほうへともどる。再び日常の現実原則に彼女は還って行くのである。

さて、ここで理屈っぽい現代の読者は考えるかも知れない。その妻の言葉は、妻だけが発した言葉であったのか、それとも夫が妻に言わしめた言葉なのか、あるいはその瞬間、妻と夫は霊的に「思い」を共有し合っていたのか、あるいはそれは夫の生前の幻視にすぎないのか、あるいは……と。桐山のアレゴリカルで多層的な叙述は、その解釈の裁量をほぼ全的に読者の側にゆだねており、そして、解釈を作者の側から一元的に強いるようなことは決してない。裏返せば、桐山の作品における出来事の再現表象は、そのようにして出来事をつねにくだくだしいまことしやかな情報説明から解き放っており、しかもそれら不可思議な出来事の表象が、同時に、われわれの日常現実に罪と倫理の根を深くアレゴリカルに下ろしているものだということがわかってくる。だが、繰り返しになるが、そうした叙述の在り方こそが、じつはキリスト教の精神の系譜に連なる「物語作者」の一特長であり、現代の小説に乏しい内面的表現の振幅が得られる「語り」の叙法なのである。桐山の作品、とりわけこの絶筆『未葬の時』は、キリスト教のあの「Mement Mori（死を想え）」の精神と思想を、メソジストの母親とベンヤミンを経由して、この現代にするどく継承した「物語小説」だったと言えるのではなかろうか。

註解

＊1　大江の「セヴンティーン」は、現在、全集に転載されているが、その続篇の「政治少年死す」（1961年2月）は、まだ転載されていない。深沢の「風流夢譚」は誤植が多いもののネットで読むことがで

きるし、「政治少年死す」もネットで読める。ここで言う「単行本」は、全集の類ではなく独立した単行本としてのそれを指して言ったものである。なお、2011年に「風流夢譚」が電子書籍化された。2013年に朝日新聞が、「『風流夢譚』電子化で解禁　半世紀前、テロ誘発した問題作」という記事を掲載、これを問題提起した。

余談になるが不敬文学というと、大江健三郎や深沢七郎の名前がすぐに挙げられるであろうが、これまで島田清次郎について論及されたものは少ないように思う。たとえば渡部直己の『不敬文学論序説』（99年）は有意義かつ浩瀚な書であり、これを論者は通読したが、漱石や鷗外、藤村、荷風など、30人近くの近代小説家と批評家、現代批評家では柄谷行人や浅田彰にまで言及があるにも関わらず、島田清次郎の名前が全く登場していない。おそらく敢えて外しているのであろうが、島田の『地上　第1部』（1919年）は、大正・昭和初期の空前のベストセラーであり、その印税で新潮社の本社ビルが建て替えられたという噂があるほどの作品。外したのは、純文学ではないということがその理由なのだろうか。この『地上』は前半第3章において作者の故郷金沢の最下層の遊女たちの暮らしぶりが克明に描写され、そのどん底の暮らしのなかで一人の遊女が「呪われた汚血」を流血し、惨憺たる生活地獄のなかでその命を虫けらのように潰えさせる。そして、その描写の直後に明治天皇の病死が告げられるという設定であり、明らかに両者の死は併列・交差している。その描写は生田長江がドスエフスキーやトルストイとも比肩しうるものと絶賛したほどの高い筆力に裏打ちされている。先ほど紹介した渡部の『不敬文学論序説』では、「社会の最底辺の存在とともに、その最上位にある者は、この国の〈物語〉にとって、往古より恰好の素材でありつづけ、謡曲、説経節を経て、前代江戸期の、たとえば近松の戯曲においても、天皇はしばしば、下層職人や遊女らの傍らに近ぢかと登場する」とあるから、上層／下層の併記、並列は、直接の不敬には当たらないということなのであろうか。「不敬」ないし「不敬罪」というものを考える上でも改めて重要なファクターであることを感じさせる。ただし『地上』の件の描写は、単なる併記、並列のそれという風には思えないというのが私の感想である。「並列」ではなく、「同列」であるとする作者島田の意図と気概が論者には感じられるからだ。

桐山襲と80年代の言語表象Ⅱ

✴

お買い得さ。飽くことの無い欲望を、試して見たいだろ？

recommended at the price. Insatiable an appetite. Wanna try?

（「Killer Queen」by Queen、74年　和訳は「ベストヒットＵＳＡ」２０１９年1月9日より）

１　「想像力」とポストモダン

◆68～72年の時代区分

桐山襲（１９４９-１９９２年）は、雑誌「インパクション」（86年）のインタビュー記事のなかで、「想像力は何を変革しうるか？」のタイトルのもと、「政治」と「文学」という二つの領域の相関について、かなり踏み込んだ見解を提示している。彼はそのインタビューで、「政治的行為と作品の産出とを混同してはならない」と小説家である自身への戒めを述べつつ、しかしそれでも歴史的に「政治」が「文学」を、「文学」が「政治」

を分野横断して自己の役割を果たすケースは屢々あったと語る。そして全共闘運動時代における「言語」の用法――スローガンやシュプレヒコールなど――は、まさにそのケースに当たるとした。

桐山によればその時代には、「想像力が世界を変革する」や「抑圧の鉄鎖をたち切り、感性の無限の解放を！」といったスローガンが効力を発揮しており、またそれに見合う実践的な「想像力」を駆使した文学作品（たとえばサルトル）が存在し、また現実に「文学」が革命闘争と併走し共闘する事例もあった。そして彼が体験した60〜70年代の日本社会には、そうした実践的な「想像力」を駆使する前提としてのスタンダードな価値規準（善・正義・倫理）が、世界認識のパラダイムとして辛うじて保持されていた、とする。

桐山は、前稿でも述べたように80年代の思想・文化、そしてこれを成立せしめた同時代の言語空間に強い不信を抱いていた。そしてその背景には、彼自身が直接体験した60年代後半から70年代前半に至る全共闘運動の挫折という歴史的な事件が横たわっていた。桐山は、１９４９年生まれ。いわゆる団塊の世代に属するが、しかし68年の東大紛争の時点では、まだ入学したばかりの大学1年生であった（早稲田大学）。（＊入学以後、彼が左翼運動に関わっていた足跡は確認できる。しかし、大学卒業後の教育庁への就職（72年）から91年の悪性リンパ腫による入院に至るまで、そのおよそ20年間、彼が公務員として職務を全うしていたことには非常に大きな意味があるだろう。彼は、公務員として標準的な（という表現には語弊があるかもしれないが）生活人としての日々も送りつづけていたのである。おそらく就職後には急進的な運動への参加はあったし、情報収集も恒常的に継続してはいたが、しかし、ついに運動家としては前のめりになることはなかった。このことの意味の重大さを多くの評者が見落としているように私には見える）。

入学した68年から、20年以上の時日を閲して書かれた「都市叙景断章」（89年）の中で、桐山は、「一九六八年の街頭に始まり、一九七二年の山岳に終わる僕たちの」経験（全共闘運動）を、その「時代の叙事詩」として誇らしく位置付けている。またその「叙事詩」の時空（68〜72年）を、ある一つの歴史的指標として俯瞰し、それを彼独自の反ポストモダンの視座に基づきながら、作品内に異化しようと試みていたことが推量される。

　このところ、２０００年代に入る少し以前から、「１９６８」という西暦年が注目されてきたことに気づく人も多いであろう。とくにポスト団塊世代・断層の世代（＊左記「日本の世代名」を参照）あたりまでの日本人においては、「１９６８」は時代精神を表徴する重大な歴史指標の一つとして目視《コンファーム》されて来たはずである。

　２０００年以降の日本の出版物の中で、表題・副題に「１９６８」または「68」の西暦年を使用している書籍は、私がひとわたり調べただけでも90冊以上ある（巻末資料参照）。とくに昨年の18年は、ちょうど１９６８年から50年後に当たるため、20冊以上の本が上梓されている。

　おそらく「１９６８」に限定せず、60年代後半の時空を概括的に論説する書籍も含めれば、２０００年以降だけで間違いなく100冊以上の書籍が出版されていることになるだろう。この「１９６８」という西暦年は、周知のように海外ではフランスをはじめとする各国で五月革命が起こり、そして１９６０年（55年説もある）に始まったベトナム戦争へのアメリカの本格的な軍事介入が65年。68年はそれが際限のない泥沼化に陥り、アメリカ国内では反戦運動が大規模に拡大、ジョンソン大統領が戦局の転換を図った年である。他方、日本国内では70年安保を前に、安田講堂事件で知られる東大紛争（-69）が始まり、並行して日本のＧＮＰ（国民総生産）が初めて世界第2位に、そして68年は3億円事件が起こった年でもある。**（＊3億円事件は未解決事件であるだけでなく犯人が偶像（英雄）視されており、単なる刑事上の一強盗事件ではなかったと振り返られる。ある意味で、この事件は同時代の矛盾と混沌を象徴するエポック足り得ていたのでは無かったか。これまで3億円事件がおびただしく**

小説化されドラマ・映画化されてきた理由は、それが事件性という実体を持ちながらまさに空白としてしか機能しないところにある。人はこの事件を心に呼びさますたびに、資本主義の欲動に呑み込まれ、そして馴致される。冒頭のエピグラフにあったような――「飽くことの無い欲望を、試して見たいだろ?」――がすでに充塡されているのである。)

国内・海外でこの1968~72年は、とくに資本主義諸国において、消費経済が同時代のイデオロギーと

日本の世代名

1	大正世代(1912-1926)	93歳~107歳
2	昭和一桁(1926-1934)	85歳~93歳
3	焼け跡世代(1935-1939)	80歳~84歳
4	戦中生まれ世代(1941-1946)	73歳~78歳
5	全共闘世代(1941-1949 *大学進学者)	70歳~78歳
6	団塊の世代(1947-1949)	70歳~72歳
7	しらけ世代(1950-1964)	55歳~69歳
8	ポスト団塊世代(1950-1955)	64歳~69歳
9	断層の世代(1951-1960)	59歳~68歳
10	新人類世代(1961-1970)	49歳~58歳
11	バブル世代(1965-1969)	50歳~54歳
12	団塊ジュニア世代(1971-1974)	45歳~48歳
13	ポスト団塊ジュニア世代(1975-1979)	40歳~44歳
14	ミニマムライフ世代(1980-1988)	31歳~39歳
15	ゆとり世代(1987-2004)	15歳~32歳
16	さとり世代(ゆとり世代と同時期)	

(「degitekunote2」Copyright© degitekunote2 All Rights Reserved. Since 2011-2014に拠るが、多少の改変をほどこした。各年齢は2019年現在)

混淆して激しい化学反応を引き起こしている渦中にあったわけだが、笠井潔が指摘するように、ひとり日本経済のみが世界的に見ても特殊な状況下にあり、70年代以降は「西側先進国で日本だけが一次も二次もオイルショックを乗り切って、八〇年代はアメリカを追い越した」（『創造元年１９６８』16年）。この一人勝ちとも言える経済の好況は、90年代、２０００年代へと進むにつれ徐々に衰微（不況）への道をたどっては来ているものの――２０１１年の東北大震災そして福島原発事故以後、翳りを見せながら――しかし深刻な不況にまでは至っていない。**（＊日本の完全失業率は１９７３年で1.3％、今世紀ピークの２００２年は5.5％で２０１６年は3.3％に回復、ちなみに３％を越え始めたのは１９９６年以後である。アメリカの場合、過去40年間の二つのピークのうち一つが82年の9.7％、もう一つが10年の9.6％で、16年は4.9％であるから、数値比較の問題とはいえ、いかに日本の雇用状態が安定しているかがわかる［＊日本のデータは男性のみの失業率］）。**

むしろ日本におけるこの68～72年は、冷戦下において空疎に肥大したイデオロギーと高度資本主義との両立・共存が、最も不安定で熾烈な緊張関係を有した時節であったと言える。68年の東大紛争から72年の連合赤軍浅間山荘事件と沖縄返還（そして海外では73年のベトナム和平とチリ軍事クーデターによるピノチェト独裁政権の成立）というこの5年ないしは6年間を、その後の「言葉が扼殺され」（『パルチザン伝説』）て行く時代の過渡期として捉えた桐山は、以後、フィジカルな革命闘争の現場から身を引き、市民運動とも一定の距離をとり、まさしくその「扼殺された言葉」を回復せんとすることを目論む小説作者――言語制作を生業《なりわい》とする者――の道をまっしぐらに突き進んで行くのである。

今回、桐山襲を再論するにあたって、改めてその作品を最も深部において読み解いていると感じたのが、竹田青嗣の二つの書評（84年のものと92年のもの）だった。とりわけ後者の書評において、竹田が桐山の本質を「勁いリリシズム」と評し、次のような率直な感想を述べていることに私は同感するのであるが、前者（84年の書評）についてはまた頁を改めて論述する。ここでは、桐山が自身の同時代を視界に捉えたときの、その特異な応対と感受性の在り方について、まずは竹田が言評している件の箇所を参照しながら考察を加えていきたい。

…桐山襲は、わたしにとって、自分の世代性ということにはじめて光を当てた作家だったと言える気がする。たとえば『パルチザン伝説』、『スターバト・マーテル』、『風のクロニクル』などの作品には、いわゆる団塊の世代の中で最も暗く深い迷路を歩いた者の時代的なメッセージが鳴り響いている。

（「憂愁《うれへ》多かり疾病身《やまひ》にあり　桐山襲『未葬の時』」92年、傍線引用者）

竹田はこの書評の8年前に書いた「パルチザン伝説」の書評（「文藝」84年）においても、ほぼ同様の指摘をしており、その論述の一貫した揺るぎなさに敬意をおぼえるが、竹田が述べるには、そこには「疑うことのできないある新しい響きが鳴っている」ということである。あるいはそれは、「私たちの世代の新しい世界感受の肉声」であるとまで言いきる。そしてこの「新し」さは、素朴なものではあるが『世界や他者の存在』に対する根本的な背反感」に充ち、しかしその上でなお信ずべき「真」への道を言語表現の中に模索しようとする、そうした「信念」に支えられた「新しい響き」である、と強調する。

尤も竹田は、桐山のそうした「信念」を高く評価するあまりに、その「新し」さを同時代のポストモダン的言説と対置させすぎている嫌いはあった。（それは無論のこと曲解などではないのだが、とは言えやはり性急な対立図式の中に、桐山を無理に嵌め込んでいる感は否めない）。たとえば以下のような記述。

たとえば、ポストモダン的言説が表白するのは、むしろあの〈信〉の稀薄さの「気分」である。それはこぞって、生活の網の目の「たわむれ」の外側にあるものを否認しようとする。これらの言説が、おそろしく繁雑な議論の中でよってたかって明らかにしようとしているのは、もはやどんな体系的言説も、世界についてのひとつの見事な便覧であるという以上の意味を持たないということだ。つまり、言葉は、この世界を貫通するような〈真〉へ通ずる道を決定的に失っている、とそれは表される。

（「たたかいの義――桐山襲『パルチザン伝説』を読む」84年）

信もなく義もない、戯れとしての思想でしかないポストモダニズムと比べ、桐山の思想はまさに義人のごときそれであると竹田は言う。だが、果たして本当にそうなのか。と言うのも、この竹田の文脈は、捉えようによっては「ポストモダン的言説」を貶めるために、敢えて桐山を持ち上げている――義人「物語」として――ようにも見えるからだ。竹田はそれを「勁いリリシズム」という比喩でナイーブに表現して見せてはいるのだが、ところで私には、この「リリシズム」という評言が、桐山作品の理解にふさわしいものだとはとても思えないのである。尤も、最近『桐山襲列伝（２０１６年）』を書いた陣野俊史のように、「勁い」という形容詞すらない単なる「リリシズム」、あるいは道浦母都子に触発された抒情性というだけの、竹田より一歩も二歩も後退した論評に比べれば、「勁いリリシズム」（傍点引用者）とした竹田の言評は、桐山文学の要所を衝いているようにも見える。が、抒情性＝リリシズムは、私にとってしょせん桐山の根本的な資質ではなかったように思えるのだ。前稿で述べたように、桐山の文学作品に見出される際立った特長は、そのマクロコスモス的な世界観であり洞察力(intuition)である。そしてそれを巧みにビジョン化できる彼のアレゴリーの力であると私は見ている。

見者《ヴォワイヤン》のような知見と洞察を特徴とした物語作者の風貌、これが桐山文学の資質であり骨頂である、と。そして、その根底にはキリスト教の精神が繊細にして緻密な根のように密かに張りめぐらされている。殊に「亜熱帯の涙」(87年)や「聖なる夜　聖なる穴」(87年)などの作品には、旧約聖書的世界観とそしてラブレー、ドンキホーテなどの騎士道物語(のパロディ)の力強さが野太く混成しており、諷喩の絶妙さがドラスティックで知略に富んだ「笑い」を抽き出している。

　したがって竹田の指摘する「勁い」とは、もしかすると物語の太い輪郭ないしは物語の中心を貫く髄液を形成する力として彼は読みとっているのかもしれない。もともと「勁」という漢字は「まっすぐ」の意と「力強い腕」の意、「まっすぐで力強い」、そこから敷衍して粘り強さという意味も含まれるが、竹田がいかなる心意でこの字を用いたのかは、短い書評からはほとんど読みとれない。ただ桐山の絶筆『未葬の時』について、「ぎりぎりの条件の中で動く人間の生への意欲を深く受けとる」という読後感が添えられており、桐山が、死と背中合わせの境遇にもかかわらず、いやそのような状況だからこそ、それが「〝避けがたい〟かたちで人間にもたらされ」たときに読み手の心を打つ、と竹田が「死と背中合わせ」であることを強調するのは、裏を返せばそのような「死」が間近な状況にあり、「ぎりぎり」の生の条件がそこに浮揚(顕現)しないかぎり、桐山の文学に真価を見出すことはできないと言っているようにも解釈できるのである。私が先ほど、竹田はポストモダン思想を貶めるために桐山を利用していたのではないかと述べたのは、ポストモダニストたちの多くがその「ぎりぎり」でなかった「生」の条件下において、生半可な科学主義・相対主義を弄して、「信」や「真」へ通ずる道を決定的に見失っているそうした彼らの衒学と対比させるために、竹田は「勁いリリシズム」というナイーブな表現をあえて使ってみせたのではないかと感じられたからである。

◆広告コピーの時代

80年代は、広告コピーが繚乱と花開いた時代だった。資本の成長、科学技術の革命的な進展により、それまでにない新時代の商品が次々と大量に生産され、流通し、そして大量消費されて行った。そのような消費の時代が、広告コピーの作り手たちを「広告文案家」という職名で呼ばれた存在から「コピーライター」という肩書きで呼ばれる存在へと変貌させ、彼らは数年の間に知的エリートとしての地位を不動のものにして行った。

当時のコピーライターたちは、いまも第一線で活躍している者が多いが、とくに糸井重里、仲畑貴志のこの2人の名前が挙がってくるだろう。『日本のコピー　ベスト500』（2011年）をひもとくと、高度経済成長期以降に作られた広告コピーの中で1位が糸井重里の「おいしい生活。」（82-83年）2位がこれもまた糸井の「想像力と数百円」（84年）、そして3位が仲畑の「おしりだって、洗ってほしい。」（82年）であり、ベスト100の中に糸井は9作品、仲畑は16作品も含まれている。二人とも団塊世代（糸井が48年生まれ、仲畑が47年生まれ）で、同じ世代でもどちらかと言えば関西出身の仲畑のほうが野暮ったく人間味のあるコピーを書いている感触だ。

豊かな消費文明・消費文化を謳歌した80年代から90年代にかけて、糸井の評価のほうが仲畑より高かったのは、やはり当然かと思われる。なぜなら糸井のほうが同時代の（バブルな）雰囲気と合致していたし、時代のニーズやトレンドを先取りしていたと解せるからだ。**（＊「おいしい生活。」は、糸井重里が1982年に制作した、西武百貨店のキャッチコピーである。80年代はコピーライターブームと呼ばれる潮流が起こり、活況を呈したが、このコピーなどまさにバブル時代を象徴する作品である。価値観の転換を象徴するものだとも言われるが、どちらかと言えば価値観の「観」を否定する表現であり、表層的な知覚体験をその表層的な受け止め方のままに良しとする、形而下的な欲動に対応したおもねりであったと言えよう。その意味で、マスコミ、メディアなどで最近、「価値観」が「価値感」**

と書かれることが増えてきているのは腑に落ちることである。［＊また、「違和感」ではなく、「異和感」が増えて来たのも同類のフラット化現象だと私は解している。］ウィキペディアには、「おいしい生活。」は「衣食住に留まらず、余暇生活を含めたあらゆる場面で、物質的、精神的、文化的に豊かな生活を提案する、日本の広告史に画期をもたらした名コピーであった。また1980年代から1990年代初頭まで『生活総合産業』を標榜していた西武百貨店にとって都会的な洗練された消費の発信地とするイメージ戦略を展開する上で重要な役割を果たすこととなる」とあるが、消費を支える経済的繁栄と幻想的な財の蓄積というイメージがあってこそのコピー作品であり、まさにそれは表層性《フラット》への自足的投機であったとも言えるだろう）。

ところで、私は先ほど仲畑のコピーのほうが野暮ったく人間味があると書いたが、これには若干の補説が必要であろう。（＊個人的には私は仲畑の「みんな悩んで　大きくなった。」（76年）や「ココロも満タンに　コスモ石油」（96年）を愛する者だ）。

糸井は80年の、西武百貨店に書いた「じぶん、新発見。」以来、81年の「不思議、大好き。」、82年の「おいしい生活。」と毎年書き続け、10作以上西武百貨店に提供した。仲畑もPARCO（パルコ）にやはり同時期に10作以上書いている。彼らは、ともに日本の消費文化をインスパイアする広告コピーを次々に制作していった。ただし糸井のコピーが大衆の消費生活をあおり、消費への欲望を刺激していかにも80年代らしい虚妄の豊かさを幻出していた（＊たとえば88年の「ほしいものが、ほしいわ。」西武百貨店）のに比し、仲畑のコピーは同じように大衆の消費欲求を刺激しながらもどこか冷静な、同伴者的位置にその身を置いていたように見えるのだ。「昨日は、何時間生きていましたか。」（85年）「荒野に出ることだけが、冒険じゃない。」（82年）「あなたも、わたしも、ちょっとずつ狂っています。」（90年）「賛成1、反対9。どちらもまちがいじゃない。」（85年）「奇麗なものと奇妙なものは、どこか似ているね。」（制作年不明）「目的があるから、弾丸は速く飛ぶ。」（86年）等。どのコピー（上掲はすべてPARCO）を見ても、消費主義的な感性にそのまま同調（邁進）はしていないのである。アナザーストーリーズ『1980'S　CM黄金時代　3人の天才がいた』（NHKBSプレミアム2016年11月9日）の番組中、仲畑が糸井の「おいしい生活。」を、「全然いいと思わないけどね。…〈略〉…ああいう表現は、広告とは違うね」と批判しており、その理由は番組内ではほとんど解き明かされていないのだが、おそらく仲畑は、糸井のコピーに「人間」的な問題や深みが感じとれないことを言いたかったのではなかろうか。

むろん仲畑は、たんに人間の情義にうったえれば良いと考えるようなタイプではない。彼がコピーライティングに「経済」を決して脱輪させないクリエイターであることは、彼の名言「広告のクリエイティブは、予算節減の工夫だ」からも推し量れることである。また、「コピーは書いたり、つくったりするものではなく、チョイスするもの」（83年）というスタンスもドライである。**（＊当該番組は、糸井と仲畑の相違を、洗練されたハイセンスの東京と泥臭い人情味の関西という古典的な対立図式に当てはめて80年代の広告コピーを物語っていたように見える。尤も、関西側にはあの「タンスにゴン。亭主元気で留守がいい。」**（86年）**で知られる電通の堀井博次を配して、単純な二項対立図式にはしないよう幾分の工夫もされてはいるのだが）。**

仲畑のコピーは、言葉の記号的なセンスでそれを作りあげるというよりも、「人間」を全人的に捉えて読み手をミニマルな哲学的思考ないしは洞察に導く傾向がある。**（＊殺処分寸前の子犬を主人公に使ったサントリーのCMが、カンヌ国際広告映画祭で金賞を受賞している。81年）。**対して糸井のコピーは、人間や人格など最初からどうでも良いというがごときだ。そんなことに時間を使うのは馬鹿らしい。そこまでは言っていないかもしれないが、制作のモチーフとしてその基底には、消費主義の効率性を尊ぶ価値観が深く根を張っている様子が透けて見える。たとえ哲学的な表現がそこに幾分かあったとしても、それはあくまでも流通における消費価値を必ずともなう「哲学」的商品でしかなかった。**（＊現今の批評家・研究者たちが弄ぶ「哲学」も同じではないかと言われれば、もちろんそれは認めざるを得ない）。**

ＢＳの番組中、糸井自身が作品の誕生秘話を語っている。作品「おいしい生活。」は、どのようにして生まれたのか。――海外ロケの帰り、飛行機の中で見つけたささやかな喜びからそれは生まれたという。いつもおいしくない機内食が、とてもうまかった。ささやかな喜びだが、こんな風においしいものに囲まれる生活を、じつは人は一番望んでいるのではないかと感じたその瞬間、食事用の白いナプキンに「おいしい生活。」と書きとめた、というコピー誕生秘話だ。この「人生」や「生活」に、人がふと向き合うとき、心に抱いた欲望をそのままダイレクトに表出する糸井の価値観こそが、いかにも即効性を尊ぶ消費主義的な感性にまみれている。というよりも、そもそも理屈や理論ではなく感性的であろうとすること、またそれをコピーライターとして〝演じて見せる〟ことが糸井の戦略なのである。そして、80年代以降２０００年代前半あたりまで、広告コピーの制作は、おおむねこの糸井の戦略が最も効力を具えていたように思われる。したがってその意味で、番組製作サイドのＮＨＫが、糸井を「未来を見通した男」と評したのは大いに理解できることである。**（＊たとえば「想像力と数百円」のコピーも、いっけん「読書行為」を「想像力」と連結させて、読書行為の意義を読み手に再認させ、そこに昇華された思索をともなわせる巧みなコピーだと評価できるかもしれないが、実際にはこれも、「数百円あれば想像力の成果が簡単に手に入るよ！」と言われた感触である。「そう簡単に手に入るのなら、いいのだけどね！」とこちら読む側も打ち返したくなってくる。結局は消費行動と関わるように誘導するためのお手盛りの機知でしかなかったように見えてくるのである［そもそもそれが広告コピーの役割でもあるわけだ］。ちなみに、「おいしい生活。」のテレ**

ビＣＭにはウッディ・アレンが登場していたのをご記憶だろうか。アレンは最初出演を断っていたらしいが、直接交渉をして、ニューヨークでの撮影なら引き受ける、ということになった。「売らんかなのコマーシャルではなくむしろ静かにメッセージを伝えられたなら」（同番組より引用）と口説いたと言うが、その「メッセージ」の内実はアレンに正確には伝わっていなかったようだ。なぜならこのＣＭ出演は地元ニューヨークでも話題になり、地元の新聞記事［New York Times 1981/12/19］には「おいしい生活。」が次のように訳されていたからだ。→「tasteful life」と。このコピーは本来、正しく意味を伝えるなら「tasty life」と訳されてしかるべきだった。Tastefulだと〝風流な〟〝審美眼のある〟〝趣味の豊かな〟等の意味となり、そこに芸術価値を判ずるための審美基準を含ませることになってしまう。つまり、糸井が企図した消費者の欲望に直接働きかけようとする狙いは、全くアレンに伝わっていなかったことになる。尤も、だからこそアレンはＣＭ出演を引き受けたのだと合点がゆくわけでもあるが）。

長らく広告コピーについて書いてきたが、桐山が30歳代を過ごした80年代以降の日常空間には、糸井や仲畑らの広告コピーがメディアのなかに溢れかえり、いま思えば社会現象、メディア現象としてある奇妙な明るさを呈していたことに気づかされる。そしてその明るさは、広告コピーという限られた領域内の現象ではなく、メディア全体、人間生活の全体をまるで透明な皮膜のように被《おお》っていたわけである。

メディアはいまも消費を煽る資本主義の体制機構に従属しており、流動する思潮はそれが流路する本流を保持しながら、多様なイズムの支流を許容して一つの大きな趨勢を形成している。普段、その趨勢が作動しているときには気づかないが、いったんそれが堰き止められるや、いびつな支配の構図がそこに顕れてくる。２０００年の９・11を経て、日本の大衆も次第にネオリベラリズムや保守思想の綻びに無自覚ではいられなくなってきているわけだが、しかし、これまで推進されてきた保守政治家たちの情報戦略（プロパガンダ）が、経済的豊かさの維持を背景としてこれほどまでに大衆の批判精神を耗弱させることに成功した例はなかったのではなかろうか。まるで映画『マトリックス』(99年)のなかのＡＩが作り上げた世界のように、大衆の批判精神を微睡《まどろ》ませ、我々を薄明の痺れのなかに閉じ込めている。この帝国主義的な資本主義下の「マトリックス」は、デイヴィッド・ジェロルド曰く、「全体主義の力で抑圧するのではなく、全体主義の快楽で抑圧する」(『マトリックス完全分析』03年)。現今のメディアのなかを遊泳し、彷徨《さまよ》う「言葉」たち――「言語」は、執拗な欲望操作をこうむり家畜《ドメスティケート》化されているその場から、脱出できる見込みはほとんどなきかのごとくに見える。それはおそらく「前衛」という概念が、骨抜きにされているからに他ならない。『吉本隆明１９６８』(２００９年)を著わした鹿島茂は、現今のマスコミ、マスメディアのポストモダン的な言語状況を次のように評している。

> 左翼マスコミは、広告代理店を介して大企業からガッポガッポと広告収入を得て、それによって人も羨むような高給を食《は》みながら、一切そのことには口をつぐんで、まるで、自分の境遇の「やましさ」を糊塗するかのように、金権ブルジョワを、またその人たちの支配に甘んじている大衆の尻を蹴飛ばすために、「額に汗して働きながら、永遠に報いられることのない労働者」のイメージをレフェランスに使って脅しをかけます。それは、ちょうど、「俺には暴力団の知り合いがいるぞ」と言いたがるヘナチョコ男の口上によく似ています。つまり、ワーキング・プアは、あくまで自分たちが逃げ込むための隠れ蓑にすぎないのです。

いささか野卑な語り口だが、言っている内容それ自体は全く正しい。ただしわが国では、「左翼マスコミ」などと称ばれるような存在は、いつしか霞のように消え失せ、バブル崩壊を経て少なくとも２０００年以降はもはや絶滅種になっているのであるが、このような言評姿勢に鹿島の思想的立ち位置も見えてくるように思われる。

バブル崩壊の引き潮の波にうまく乗れた中野孝次『清貧の思想』は、92年に刊行されたベストセラーだが、清貧を謳いながらその言表主体は明らかに〝ポスト・ポストモダン思想〟の差延の思考法に囲い込まれており、この中野よりもコム・デ・ギャルソンを着てナルシスティックにポーズをとっていた吉本隆明（『アンアン』1984年）のほうがよほど鯔背《いなせ》に見えてくるから不思議だ。「清貧の思想」の作者には貧しさそのものの実体認識が欠けており、その約10年後の養老孟司の『バカの壁』（03年）には自分自身の蒙昧（＝フラット化、マトリックス化）を「バカ」と受けとめる羞恥が大いに欠落していたように見える。誰もがみな自分を棚上げにして、多様性や多義性の中に、つまりは相対主義の偶然性の迷路に逃げ込み、個々の自己欺瞞を互いに赦し合う時代の閉塞感が、今も破綻することなく続いているのが不思議である（＊尤も、破綻を破綻と気づかないのが真の破綻だとも言える）。ちなみに養老は、05年のエッセイのなかで、実業家の堀江貴文をカレント・トピックスにしながら、次のようなことを述べている。

もうひとつ言うと、政治というのが皆さん思っているほど、重要なものだと思っていない。新聞は1面に必ず政治を持ってくるが、それは新聞の単なる錯覚を広めているだけ。我々の生活に最も重要なのは影響を及ぼしたのは、科学技術と経済。本当はそれがトップになって当たり前です。

（8月20日『スポーツ報知』）

科学と経済への無思慮にして能天気な信頼が、ここには看て取れるだろう。そして養老の言う「科学」は、じつは「科学」ではなくそれは「科学技術」なのだ。「技術」のほうにこそ力点がある。養老の論脈は、安倍晋三の空虚なマニフェストとなんら違いはない。マネーとそれを効率よく産み、増やし、蓄積する「技術」が礼賛されているにすぎないのである。科学は、「経済」(というよりも金儲けの方法)を肥え太らせ、それに奉仕するための職分の一つであり、そのために活用されるべきテクノロジー。そのための社会システム、制度。そして詰まるところ支配への隷属。養老の確信犯的無自覚さはプレ団塊世代(1935〜1946年生まれ)の無自覚さのなかでも最も忌まわしさを感じるものだ。そしてある意味、養老の言述は、80年代からの消費資本主義が、この21世紀においてある一つの決算を迎えつつあることを私に感じさせる。

80年代の、ポストモダンの状況とニューアカデミズムの台頭について、85年4月という比較的早い段階で、桐山はインタビューに答えて次のように語っている。(インタビュアーは編集サイドの誰かで、特定されていない。「インパクション」36号、桐山襲『想像力は何を変革しうるか?』)。

――全く話は変わりますけど、先ほど近代主義的な二元論みたいな話がありましたけど、最近、「近代的な知の組みかえ」だとか「ポストモダン」だとかが流行していて――

桐山　賃労働と資本の関係に指一本触れないで、ポストモダンも糞もないじゃありませんか。(笑)

(＊せっかくのインタビューの流れを切って割り込むが、桐山がただの左翼運動家ではなく、同時代のニューア

カデミズムの動きを仔細に理解した上で、それらを厳正に否定していたのだということは、この後の展開を読みほぐしていけば明らかである。ここに名前が上がる3人だけでなく、浅田彰や蓮實重彦、中沢新一ら、ひいては彼らが参照したフランス現代思想も射程に収めた上での桐山の世界認識、言語観は確固としており、いま読むと頼もしくさえ思えてくる。桐山は83年に「パルチザン伝説」で文壇デビューしたわけであるが、その同じ年に浅田の「構造と力」、中沢の「チベットのモーツァルト」が発刊されていることは、80年代という時代相の表・裏がそのまま反映されているように見える)。

——いや、これから質問なんですけど(笑)、一方文学の方でいえば、先端的だと言われる若い作家がいますね、高橋源一郎とか村上春樹とか、それから、ええと田中康夫ですか…「若者たちの神々」[*1]なんて言われて(笑)。あの辺はどうですか?

桐山 あいにく、その辺はまるで読んでいないんですよね。読まなくても分かるんですけどね(笑)。文学の流れでいえば、やはり七〇年代の初頭くらいになりますが、その頃に一つの変化があったと思います。戦後文学の最も良質な一部分を継承してきた高橋和巳が死んで、その代わりに村上龍の『限りなく透明に近いブルー』がベストセラーになる。その辺から、戦後文学がかろうじて支えていた想像力の根幹みたいなものが急速に衰えて、その上に、いまのポップ文学というか、ミーハー文学というか(笑)、思考することを止めて幼児化したような精神の発生があると思います。それから、現在の若者文化みたいなもの、あれは文化として分析するよりも、やはり経済学から見るべきじゃないでしょうか。つまり、七〇年代初頭のスタグフレーションを、徹底した合理化によって「乗り切っ」た日本資本主義が、先進国間競争

には一定勝ち抜きつつ、第三世界からは厖大な富を収奪してくる。（傍線引用者）

この会話で桐山が使っている「想像力」という語に注意すれば、日本の80年代は、70年代後半から始まる構造主義、ポスト構造主義の台頭が本格化し、全共闘運動の退潮とともにそれまで左翼全般が多大な影響を受けてきたサルトル（80年死去）の実存思想の影響圏から脱けだして、ニューアカデミズムへと邁進していく過渡期であり、「想像力」の語が持つその語としての内実を、いちじるしく変容させていた時節ではなかったか。たとえば80年代の最初の年である1980年は、サルトル（4月）、ロラン・バルト（3月）の逝去以上に世界に衝撃を与えたジョン・レノンの死（12月）によって幕を開けた感触が私にはあるのだが、記憶を遡ると80年年末から81年年始にかけてはジョン・レノンとオノ・ヨーコの「ダブル・ファンタジー」がいたるところで奏でられ話題となり、合わせて「イマジン」の歌詞と旋律がメビウスの輪のように地球の大気圏を舞った。「想像してごらん」と平和思想を呼びかけるこの曲は、冒頭の論稿でも述べたようにじつは遡ること約10年前の71年の発表であり**（＊歌詞の淵源は妻ヨーコの詩集「Grapefruit」（64年）であったという説［NHKBSプレミアム「世紀を刻んだ歌2」２００２年、16年18年再放送］もあるが、定かではない）**、そして同盤のB面が故国イギリスでは「労働者階級の英雄」であったということは、日本ではあまり知られていない（少なくとも大衆消費レベルでは）。このB面の曲が、西村昌巳が指摘するように「ここに歌われているのは観念としての〝労働者階級〟でしかなかったこと。そして、時代は確かに「68年」を背景にベトナム反戦運動が高まりを見せ、社会変革を期待する労働運動が盛んであったにもかかわらず、ジョン・レノンの歌詞の主張には、たとえばノーベル賞を受賞したボブ・ディランに見られるような、前衛的メタファーを駆使した洞察力（intuition）がまるで具わっていなかったということ。これらは間違いのないところである。たとえば「労働者階級の英雄」の次のような歌詞。

Keep you doped with religion and sex and tv,
And you think you're so clever and you're classless and free,
（宗教とセックスとＴＶに酔わされ、誰もがみな自由で平等だと信じこまされていた。）

いかにも類型的で、昔の左翼かぶれの学生らでもが言いそうなアジ的セリフである。「お前たち（大衆）は権力（政治家や資本家）に騙されているのだ」と。ところで80年代は、70年代前半にラテンアメリカから始まったアメリカ型グローバリゼーションと新自由主義経済が両翼進展し、日本国内では電信電話の民営化（85年）、国鉄民営化（87年）、労働者派遣法の成立（85年）など、グローバル消費資本を支えるためのインフラが着々と整備されていった時代でもあった。テッサ・モーリス＝スズキが指摘するように、ネオリベラリズムと大衆煽動型ナショナリズムとに挟撃されて空洞化した「批判的想像力」が、急速に地盤沈下を始め、と同時に現象としての「想像力」のフラット化が始まった。これは、そもそも20世紀後半に産業文化として巨大な進展を遂げた「映像」機器（とくにＴＶ映像、現在ではSmartphone《スマートフォン》）の開発とともに進行した現象であり、20世紀後半以後、現代文明を享受する人間の判断認知の能力が「映像」という先行存在にアプリオリに制御され出してきたことがその要因の一つとなっている。消費資本主義下の現代人は、傾向としてすでに事前に、カメラアイ的に、「映像」を眺め見るように目前の現実を受け止めているのだが、この問題を84年の時点で吉本隆明が次のように述べている。**（＊ちなみにジャン・ボードリヤールの『シミュラークルとシミュレーション』がフランスで出版されたの**

が81年、日本での翻訳出版は84年3月であるから、吉本がボードリヤールから影響を受けた可能性は高い）。

> テレビ・カメラの微細化と緻密化の機能が、肉眼のもつ微細さと緻密さを、あるばあい超えることが、しばしば起こるようになってきた。すると現実のそのものと画像とが転倒するばあいが、ごくふつうに起こるようになってきた。つまりは画像のほうが、ほんとよりも、もっとほんとであり、ほんとの方が虚像みたいに比重が転倒される。…〈略〉…このばあい画像とそのものの実像とがすぐに交換可能だということを、画像の世界と現実の世界は、現在のテレビ技術では交換可能だと一般化しても、ほとんど不都合は生じない。
>
> （吉本隆明『マス・イメージ論』84年7月、脱稿は同年6月）

未曾有のテクノロジーの進化が原因と言うよりも、その機能を生みだすポテンシャルの普遍化と享受の普及化が、円滑に、予定調和的に達成された結果だと述べたほうが正しいだろう。メカ機能の目をみはるような向上は天与の賜物に過ぎない。そしてある意味で、これほどまでのめまぐるしい機能の進化発展は、大衆が個々に内持していたはずの真の「想像力」を規制しその力を発揮できぬよう、それを空洞化させるための幻惑供給となり得ていたに違いない。ボードリヤール曰く、あらゆる現実との接触に先行する「シミュラクラ（擬似像）」の膨張と蔓延とが、現実に対処するわれわれの方向感覚を狂わせてしまっているのである。先ほどのテッサ・モーリス＝スズキやその盟友塩原良和が言うように、「人的資本化された」経済ベースの「想像力」が、「批判的想像力」を凌駕した結果であろう。**（＊この点について笠井潔が、「テクノロジーが人間（世界）を変容させることなど、原理的にいってありえない。人間（世界）が深い地点で変容したことにより、幾つかの選択肢のなかからある**

テクノロジーが取り出され、その発達が加速されるだけなのだ」と述べ「人間の概念よりもテクノロジーの現実を重視して発想するという点」（傍点引用者）にこそ間違いがあるとしているが、しかし笠井が指摘する「深い地点で変容」についての解が明確に示されない限り、彼の論考もまた十分であるとは言えない。尤も84年時点での指摘であるから、現在も同じことを笠井が考えているかは分からない。映像のテクノロジーが人間（世界）を変えたと安直に物を言ってはいけないのかもしれないが、少なくとも映像が大量生産大量消費され情報が洪水のように押し寄せている現代の動態が、人間とそれが寄生する世界（そして世界認識）を変質させている可能性は大いにあるのではなかろうか）。

◆ポストモダンと消費資本主義

桐山のインタビュー記事に戻ろう。三年前の1月（16・1・15）のことだが、記憶にまだ新しいスキーバス転落事故と同様の事故が、じつは85年のこのインタビューの3ヶ月前（85・1・28）にも起こっていた（どちらも長野県）。もちろん当時と今とでは、30年以上のタイムラグがあるので、事故被害者を取りまく経済状況も交通環境もかなり異なる。とはいえ、インタビュー記事を読むかぎり、消費資本主義への庶民の従属状態は今とほとんど変わらぬように見え、またそれにまつわる消費文化・経済の動向も、ほぼ同じ価値観を横滑りに継続させているように見える。以下は、そのスキーバス転落事故を前景としながら80年代の政治、経済、文化状況を、マルキストであり文学者でもある彼の立場から眺望し、俯瞰した発言である。

桐山　…全体としてみれば、現在（80年代）の日本は、歴史の中でかつてないくらいに、若年層が消費のヘゲモニーを握っている時代といえるんですね。…〈略〉…その若年層の所有している貨幣の力が、享楽的な〝感覚〟を表現する文化的なヘゲモニーを産み出しているわけですね。現在、若者の感覚だとして宣伝されているのは、ひとことで言えば、〈国家独占資本主義を享楽しよう…〉ということですから。（傍線、略、丸括弧内引用者）

——たしかに、ＴＶのＣＭなんかそうですね。なんか非常に感覚的というか…

桐山　ＴＶ持っていないんですよね、悪いけど。（笑）ただ、商品広告が感覚的なものになっているというのは、やはり国独資の現象なんですよ。だって、自動車にしたって、コーラにしたって、ビール、複写機、ステレオ、飛行機旅行…みんなムチャクチャな寡占状態でしょ。独禁法なんかとっくにどこかへふっ飛んじゃって、二十も三十もの企業が競争しているなんてことじゃないわけですよ。おまけにビールや飛行機なんか合法的なカルテルまで結んでいる。そういう極限的な寡占状態の下では、この商品の商品価値は他社のものとこんなにちがうなんて言う必要はないのであって、ただ商品名を印象づけておきさえすれば良い。だから、商品広告が少しばかり詩的な手法（笑）も使ったりするわけです。勿論、これは言葉が資本主義を乗りこえたわけではなくて、資本が言葉までも独占しているにすぎないですね。（傍線引用者）

桐山のこの指摘を、現代の広告とは畢竟「差異化のパラノイア」だと定義して見せたニューアカデミズム浅田彰の言説（83年3月号『広告批評』）と並べてみれば、桐山のほうが同時代の真相を、深部からより的確に把握していたことが見えてくる。この時期の浅田は、時勢に抗うような真似はしないで、クールな思想的波乗りを演じていたに過ぎない。中規模とはいえ、西洋の見過ごしにはできない思想変動（サルトルの実存思想から構造主義、ポスト構造主義へ）と国内の逼塞した時代状況（全共闘運動の敗北）に即応してはいたが、その状況を変革しようと思うことなどはつゆほどもなく、読者に向かって発した〝スキゾキッズであれ！〟〝硬直した原理や制度から逃走せよ！〟という彼の挑発的なメッセージは、いま思えば時代の表層的な趨勢（たとえばフランス現代思想のそれ）を無批判に肯定する言説でしかなかったと言えるだろう。「何と言っても、ことはスタイルの問題であり、あなたの感性はどちらのスタイルも受け付けないはずだ。スタイルといい、感性といい、いかにも軽薄な響きではある。けれども、感性によるスタイルの選択の方が理性による主体的決断などよりはるかに確実な場合は少なくない。その意味で、ぼくは時代の感性を信じている」（『構造と力』傍線引用者）。正直に告白すれば、浅田の『構造と力』は、ブーム当時の80年代前半の私には読む意欲がまるで起こらなかった。「見えない大学本舗」を主宰した評論家の浅羽通明は、発刊当時の『構造と力』を読んだときの印象を次のように語っている。おそらく、そのとき読んでいれば私も同様の印象を抱いたことであろう。

山口昌男や栗木慎一郎による近代社会批判は分かりやすく刺激的で、平和にも民主主義にも飽き飽きしていた僕たちにぴったりだった。しかし、今から僕たちがアフリカやアジアの前近代社会で暮らすわけにはゆかない。日本を世界を前近代に戻すこともできない。ニッポン株式会社のビジネス戦士や家庭を守る大黒柱や学生運動の闘士になることを期待する大人たちへの批判には有効だけど、結局積極的に僕たちがやるべき途はそこには見えなかった。『構造と力』の右の件は抽象的ながらそれに触れていたのだ。前近代に憧れることはやめよ。近代資本主義は前近代の抑圧——超コード化社会を破壊した開かれたシステムだ。ゆえに肯定せよ。だが、まだ足らぬ。一方向に走らされていることから逃げよ！　資本を追い抜け！

コースをずらし撹乱せよ！（傍線引用者、別冊宝島110『80年代の正体！』90年4月）

浅田の立論において、このとき80〜90年代の消費資本主義はほぼ全的に受容肯定されていたと言って良いだろう。状況に対する多少のレジスタンスはあったとしても、それは軽度な、家庭内暴力レベルの「抵抗」精神でしかありえなかった。全共闘運動の挫折を尻目に、80年代はイデオロギーや主体への不信が過剰に膨らみ、深層や中心、主体性や本質、個性等への拒絶反応が病的なまでに蔓延していた。先ほどの浅羽も言う。「八〇年代中期までで、言葉は退廃し尽くしていた。コピーは洗練を重ねてわけが分からなくなり、思想は難解さを競い、文学はその双方に奇矯さを加え、雑誌は写真で覆われ尽くした」と。

広告業界のクリエイターたちにエリート的〝上から目線〟で、永遠に反復される「差異のたわむれ」を要請しつつ、浅田は同時に、自分自身の立論における〝逃げ〟も打っていた。「人間の認知能力の限界ってことからいうと、無際限な情報の洪水がノイズとしてしか認知されないように、差異化の行きつくはても一様な広りとしてしか認知されないんじゃないか」（前出『広告批評』「差異化のパラノイア」83年）と。差異化の反復は、資本主義の自己増殖と似て最後には不毛の逆ユートピア（ディストピア）へと到る。この星において、簒奪すべき資源も他者も外部もやがては刈り尽くされてしまう運命だからである。だが、それを知悉していながら、浅田はなぜ広告業界のクリエイターたちに対して「パラノ的な論理から軽やかに逃れつづけ、心たのしい差異のたわむれを演出していくことを、もういちど願っておきたい」と請願するのであろうか。当の浅田自身はといえば、その永遠の作業——まるでシーシュポスの神話のごときそれ——の現場から脇道にそれて佇み、高みの見物を決め込んでいる。68年と72年を目の当たりにしたインテリ・スキゾキッズは、そもそも〝闘争〟がお嫌いなのだろう。だが、これも当たり前の話である。「少年」が記号化され、未成熟であることが商品的付加価値として流通消費され出した80年代の状況（**＊80年代ではないが、キムタクが漫画「ONE PIECE」（97年〜）の「少年」性を好んで崇拝し続けていたのもこれに当たる。ちなみに寺山修司は、67年に結成した天井桟敷の劇団員募集広告で「美少女」の記号を用いていたが、この時点ではまだ「美少女」は反語的な属性語として用いられており、十分に記号化されてはいなかった**）は、かくのごときニューアカデミズムの台頭と相互補完の関係にあったからだ。現実の力学を喪失して、はじめて純粋性が担保されるといういかにも映画『マトリックス』を地でいくような思想概念。その思想概念の絵図は、だから幻影の中においてこそより良く保持される。なぜなら、〝我々はもともと幻影の中にしか存在していないからだ〟といういささかドグマティックにさえ聞こえる確信犯的な錯誤が、ニューアカ系知識人たちの間では頑なに保持されていたからである。

畢竟、思考停止を判断停止と心得違いしてしまう、人の良い、未熟な「少年」たちは、たとえばジャック・デリダの脱構築に慢性依存しながら、その虎の威を借りている自分たちの無知で傲岸な自得に居直りつづける状況から決して目覚めることはないだろう（彼らは眠っていたいのだ）。

ところで、ニューアカデミズムの後継者と目される東浩紀は、浅田を次のように高く評価している。

——浅田は八〇年代の半ば以来、一貫してポストモダニズムの論客として知られてきた。日本ではしばしば誤解されているが、彼が紹介した「ポストモダニズム」とはもともと、六八年のパリ五月革命を準備した（あるいはその影響を受けた）強い左翼的政治性を備えた思想を指している。したがって浅田の革新的立場は当初から明らかであり、とりわけ九〇年代の彼は、左翼知識人としての役割を積極的に引き受けて

きたと言ってよい。（「棲み分ける批評」99年、傍線引用者）

東がどのような判断基準から「浅田の革新的立場」を「六八年のパリ五月革命を準備した（あるいはその影響を受けた）強い左翼的政治性を備えた思想」としたのかが私には分からない（分かりたくもない）。（＊この観点については、笠井潔の『戯れという制度』（85年）にすでに類似の指摘がある。私も、浅田にお追蹤を述べている三浦雅士に対して笠井が感じたのとほぼ同じ印象を（全く同質とは言えないかもしれないが）東に対して感じたので、その一節をここに紹介する。「ところで、〈若者文化〉と〈知の最前線〉を手品めいた方法で結びつけ、広汎なブームを呼んだポスト全共闘世代の浅田彰と全共闘叛乱の関係について、三浦雅士はまたしても例の安直な手つきで次のような図式を描いている。『五月革命とポスト構造主義がある種の対応を示しているように、全共闘運動と浅田彰もまたある種の対応を示していると考えるわけだ。——これまでどのようにも総括され得なかった全共闘運動が、かくしてはじめて総括される』（三浦雅士「荒々しい『現在』を走り抜く——」）。そして、『当時の主張であった大学『解体』はじつは大学『脱-構築』として把握される』というのが、浅田彰によって『かくしてはじめて総括され』た全共闘運動の意味だと主張されていく。／三浦雅士による、事実関係もなにもないこうした御都合主義的アナロジーなど検討にもあたいしないが、〈後略〉。」等々）。だが、そのあとに記述される「（浅田の）左翼知識人としての役割」というほうはまだ分かる。左翼もどきの知識人・研究者たちが、消費資本主義の現動態をなし崩し的に受け入れ、「清貧の思想」と相互補完の関係にあるフィジカルな「欲望」そしてスーザン・ソンタグ言うところの「有名主義」に忠実たる姿を、私はなんども見させられてきたからだ。尤も、東も翌年の「棲み分ける批評II」（00年）では、これまでの自説の論理にあたかも矛盾なきかのごとくに（私からすれば前年の論稿と正反対のことを言っているように見えるのだが）自らの言説を軌道修正し、「八〇年代とは、そのようなナルシスティックな幻想のなかで微睡むなか、九〇年代に訪れる資本主義の大きな構造転換にはまったく盲目だった愚かな時代である」とし、浅田の主張もまたその愚かさについて批判を免れ得ない者だとしている。こちらのほうはよく分かる。

『倫理』（仏、93年）や『哲学宣言』（仏、89年）で知られるアラン・バディウは、アンチポストモダニストでもあり、上記の2冊はいずれも04年に日本で翻訳されている。翻訳が遅れた理由は、いわずもがな欧米よりもポストモダン思想の批判や検証作業が遅れたから、すなわちポストモダン思想が日本では欧米に比し80年代にとどまらず90年代ひいては２０００年代にかけてまで異常な席捲ぶりを呈していたからで、その余燼はいまも燻りつづけている。この状況認識については、東が前掲論稿において指摘している通りだと私も思う。**（＊そのバディウは、２００８年の藤本一勇との対談で、68年5月の革命を、「何ものかの始まりであったと同時に何ものかの終わりでもあった」として、このときを境に世界は「反動的であると同時に、自由主義的な、浅薄な――大潮流」いわゆるポストモダンの思想にまみれて行き、「60年代の思想の努力は、日増しに攻撃目標にされ、制圧の対象」になったと回顧した）。**

東が言うように、「時代精神としてのポストモダニズムははっきりと役割を終えている」のかもしれないが、しかし現象としてのポストモダン化については、「世界的にも日本的にもますます過激に進んで」おり、「今後も衰える兆しはまったくない」という90〜00年代についての彼の指摘は、悲しいことにいまなお有効性を保っている。そして、ここが肝心な処であるが、イズムとしてのポストモダニズムは終わっていても、現象がいまなお引き続いているこの現動態について、われわれは明白な清算すなわち検証的批判を行う必要があるのだが、未だにそれはなされていない。ここまでは東に同感である。だが、東はそのように述べつつも、いっこうに本格的な批判に踏み込む気配はない。たとえば02年の論稿「ポストモダンと動物化するオタク」では、オタク系サブカルチャーを論稿の中心に据え、80年代以降、「オタクたちの消費行動は、物語消費からデータベース消費に移行している」といった指摘を展開しているが、そもそも現象としてのポストモダン化を、オタクやサブカルチャーの分析で説明し切れるものなのかどうかという点が一つ。次に、サブカルチャーが現在のように体制に対してカウンター性を持ちえない状況において、その分析にいかほどの意味があるのかという点。また、サブカルチャーがカウンター性を持たない理由の一つとして何がサブで何がメインなのか、その境界が不明瞭化してしまった現在の状況など、この他にも疑問は無数にあるが、とりわけ問題なのは、そうした現動態について、東が消費資本主義に足場を置いた立脚点（あるいは観測点）からのみ現象の俯瞰と分析を行っていることだ。もしや、炉辺の語りに耳を傾けることなども「消費」として捉えているのだろうか。それはそれで興味深い論点なのではあるが、そんなはずもあるまい。たとえば09年刊行の『思想地図 vol.4』での、東を含むお歴々の座談会記事「物語とアニメーションの未来」や「村上春樹とミニマリズムの時代」を見てみると、物語も、文学も、映画も、アニメも、みな等しくビジネス産業のベネフィットとして、つまりは消費行動の対象範疇内においてのみそれぞれの作品を捉え論理を展開している。（＊彼らは「消費社会がどんどん進み、市場の中からアイデンティティを汲み取っていくしかないというような状況」を大前提として語っている。p285）。同単行本の中には村上隆へのインタビュー（＊「アート不在の国のスーパーフラット」聞き手＝東浩紀、黒瀬陽平）もあり、その中で村上がしきりに「資本主義とアートの関係」という言葉を連発するのだが、その指摘も結局は「資本主義との距離感」（村上）といったような、大した掘り下げもない馬鹿馬鹿しい指標レベルの言説に留まっており、テッサ・モーリス＝スズキらが批判対象とする「グローバルな市場原理主義」に、逆に適応できるか否か、耐性を持つことができるか否かが、村上や東、黒瀬らにとっての主たる関心事項なのである。それは結句、マネーゲームに浸った「経済ベース」の受動的な「想像力」がもたらす自足した価値観の発露でしかないのだが、もちろんそうした村上の言説について、東は「…マネーゲームであると。そればかりを強調するのもまた別の誤解を生む」や、「単純に金儲けという話ではない」と（おそらくはひねた読者向けの）その場しのぎの牽制球は投げつつも、ゲスト村上への配慮と瞑すべきか、そこから先にはいささかも踏みこんでいく気配はないのである。

というよりも、じつはポストモダンを相変わらず再評価したい（褒めたい）そしてその位置に留まっていたいというのが変わらぬ東の本音なのであろう。あるいは同単行本で仲正昌樹が書いているように、（「「構成」の想像力」）日本の場合は、アメリカなどの場合と異なり「文化的想像力」と「政治的想像力」とが結び付きにくい、といったような苦しい言い訳が、彼らの踏み込めない根本要因なのであろうか。（＊市場を無視できない存在であり問題であるとして認識することと、市場抜きにはあらゆる価値を論じることはできないとすることとでは、それは全く別の話である）。

2　消極的「想像力」と積極的「想像力」

92年3月号の雑誌『情況』は、「いかにうけとめるべきか　ソ連邦消滅！」という特集を組み、年末に緊急アンケートを行っている。91年12月25日のソビエト連邦解体を受けて、「ソ連消滅と共産党解散の意味するもの」という設問が立てられ、これに岩井章、鶴見俊輔、廣松渉、村上陽一郎、蓮實重彦、竹内芳郎、田畑稔ら25名の各界識者たちが答えている。桐山もこのアンケートに応えて400字3枚くらいの——他の識者たちに較べて——長めの回答文を書いているのだが、翌92年3月に死去しているので、この回答文を読むと、ひとしお感慨深い。25名のうち桐山ただ一人が、アンケートを書いたときの日時を雑誌の編集方針ではなく自らの手で書き記している。「いま一九九一年十二月三十一日午後十時。レニングラードの凍てた夜空には赤旗の亡霊が浮遊しているのでしょうか？」（『情況』92年3月号「己の為したるや何」桐山襲）と。さながら砂時計が砂を落としきる間際のごとく、彼の残り時間は寡少だ。その中での回答文だということに、悽愴たるものを感じる。ただし絶筆『未葬の時』の脱稿は2月なので、病床にあり死を覚悟していたとはいえ、未だ気力は失われていない。したがって「己の為したるや何」という文章タイトルも、諦念としての悔悟や自嘲を表すものではなく、ソ連崩壊・資本主義勝利という新たな現実に際会して、まず我々日本人が何をこれまでに行為してきたのか、その歴史過程を厳しく再問しなければならない、ということを述べたものと理解される。もちろん、そこには病魔を背負った自己自身へのカリカチュアも幾分かは含まれていたかもしれないのではあるが。

彼の回答文は次のような記載になっている。

八〇年代を通じて、日本を先頭とする先進国労働者の屈服が進めば進むほど、資本の〈生産性〉が高まれば高まるほど、社会主義圏における〈自由〉と〈民主〉の叫び声は増しました。つまり、〈商品と貨幣への自由を！〉という叫び声が、到る処から湧き起こったのです。私はこれを〈走資派の大衆〉の発生と呼びました。〈走資派の党〉を〈走資派の大衆〉が乗り越え始めたのであり、全世界が資本主義へ向かって走り始めたのです。勿論、この見解（＊桐山の見解）は孤立無援でした。多くの人々がこの大衆の動向を完全に見あやまり、「ペレストロイカ支持」「民主化運動連帯」「壁

の崩壊万歳」などと合唱していました。これら評論家や諸党派の思想的責任はきわめて重いと言わねばなりません。＊2

〈中略〉

勿論、旧来のスターリニストの支配が続くべきであった、などと言いたいのではありません。しかし米帝による経済封鎖下のキューバに石油を安く送り、砂糖を高く買い続けてきたソ連邦に対して、第三世界からの収奪の上に恥知らずな〈豊かさ〉を享受しているこの国を考えるならば、まず、己の為したるや何、を問うべきでありましょう。依然として、我々の足の下はロードス島なのです。

（『情況』92年3月号、傍線・丸括弧内の補説は引用者）

かつてサルトルは、「想像力」の問題系《プロブレマティック》を苛烈に際立たせた。そして、それが可能だったのは、「前衛」という概念が、戦前戦後を通じてその有効性をしばらくの間保持できていたからに外ならない。戦前に書かれた2冊（『想像力』37年『想像力の問題』40年）と戦後にその補塡として書かれた『シチュアシオン』（47-65年）は、日本でも、戦後の昭和一桁世代からポスト団塊世代辺りまでの読者にむさぼるように読まれていたことだろう。このことを桐山も証言している。だが、サルトルの「想像力」論は、構造主義、ポスト構造主義の思想が台頭し、それらがメインストリーム化していく過程において、次第に影響力を薄めていき、そして全共闘運動の挫折を潮《しお》に、日本では一挙に過去のものとなった感がある。それが70年代後半から80年代までの状況であったことは前にも述べた。**（＊たとえば60年生まれの論者は、高校生の頃にヤスパースやニーチェを読み、実存主義という言葉を生齧ってはいたが、なぜかサルトルだけはすぐに読まなかった。勿論、偶然なのかもしれないが、大学に入ってからも**

サルトルを読んでいた同級生は少なかったように憶えている。逆によく話題になったのが、サルトルを批判したレヴィ＝ストロースの「野生の思考」だった）。

サルトルが着眼し、推奨した「想像力《イマジナシオン》」は、彼のアンガージュマンの思想を支えるための、いわば根幹的な能力である。それは単なる「知覚」とは明確に弁別さるべきものであり、また加えてその営為は、積極的あるいは行動主義的な意味での能力の主体的行使でなければならなかった。サルトルは、「想像力」を支える「像《イマージュ》」とは単なる状態のことではなく、一つの意識であると述べた。この規準にしたがえばポストモダニズムの（日本では80年代以降の）「想像力」（の像《イマージュ》）は、それとは対蹠する受動的なもの、ランダムに傍受した記号の集積の謂であり、知覚で受けとめたある何物か（情報）を感受している状態か、あるいはそれをもとに記憶を綜合——分別化している過程を指すであろう。

対してサルトルの「想像力」は、「意識の、経験による後から付加された能力の謂ではな」く、「意識が己の自由を実現する場合の意識の全幅」であると言う。難しくなってきたので以下、『想像力の問題』の結論部分から、補足する意味で少し引用しておこう。

> 私たちは、現実界を世界として把握するその把握の、種々様々な様態を《状況》situation と呼ぶことにする。そこで私たちは、一つの意識が想像力を発揮し得るための本質的条件とは、意識が《世界の内で状況下にある》こと、いやもっと手短かに言うならば、意識が《世界内にある》こと、であるということが出来るだろう。
>
> …すなわち、想像力を働かせるためには、意識はすべて個々の現実に対して自由であらねばならず、そ

してこの自由は、同時にこの世界の、構成作用でもあれば否定作用でもある《世界内存在》として、限定されることが出来なければならない。この世界の内での具体的状況は、あらゆる瞬間に非現実的存在の構成のための独特な動機づけとして働かねばならない。かくて非現実的存在は――それはつねに二重の意味で空無、つまり、この世界からいえばその存在自体が空無であり、その存在自体からいえばこの世界が空無であるが――つねに自ら否定するこの世界の土台の上に構成されるべきものである。もとよりこの世界は単に表象的直観に身をゆだねるわけではなく、この綜合的土台が状況《シチュアシオン》として生きられるべきことを要求するものであることは申すまでもない。（傍線引用者）

コールリッジがこれを別の言い方で述べている「ファンシー（空想、想像）は結合し、イマジネーション（想像力）は創造する」（丸括弧内引用者）と。70年代から80年代に移行する過程において、少なくとも日本における「想像力」は、現実性《リアル》を半ば自発的に、無定見に放擲してしまったがゆえに、結果として創造への契機を喪失した単なる知覚＝ファンシーへと自らを後退させてしまったのである。**（＊「ファンシフル（空想的）」であるか「イマジナティブ（想像的）」であるかという二分法を用いたが、ただしエドガ・アラン・ポーが言うように、fancyもimaginationも、どちらも根本的には同じ基盤のもとに発成する。問題は表層にとどまるか、深層に透徹していくかの違いであろう）。**それは、とりもなおさず全共闘運動の挫折と拝金的消費主義への傾斜という時代の趨勢に裏打ちされてのことだった。このとき、現実と想像力との蜜月はすでに終わりを告げていたわけであるが、奇しくもと言うべきか、あるいは歴史的必然であったと言うべきか、それはサルトル的「想像力」の敗北が漸次追認されていくプロセスと併行するものでもあった。

そしてじつは海外でも、事情はそれほど大きく食い違ってはいなかった。『弁証法的想像力』（73年）を書いたマーティン・ジェイは、その序文で欲望に忠実な「文化消費者」たちへの憎しみを痛烈に呈示しつつ、それまで彼が「新鮮な息吹き」と評価していた実存主義哲学をも、「いまでは手軽に操られる一連の決まり文句と哀れにうつろな身振りに堕してしまった」と吐き捨てるように述べた。ただしジェイは、そうなった原因を、分析哲学者たちによるカテゴリー（「実存主義哲学」や「前衛《アヴァンギャルド》」など）の無意味化に基づくとするのではなく、「現代文化の、もっとも非妥協的な対立者をも吸収し融合する不気味な能力の結果として生じた」（傍点引用者）と示唆しており、それゆえ欧米の思想家たちは、必ずしも日本のニューアカ系知識人たちのような現状肯定主義に陥っていたというわけではなかったと言えるだろう。アウシュビッツ以降「詩」を語れないのと似て、不毛な（実りなきという意味で、あえて私はそう言いたい）60年代後半以後を体験した日本国民は、72年以降のどこかの時点で、サルトル的「想像力」を継承する意力を喪失してしまったのである。*3

3　小説「プレセンテ」について

桐山の作品というと、一般には不敬問題で知られる「パルチザン伝説」（83年）、連合赤軍浅間山荘事件を材にした「スターバト・マーテル」（84年）、前稿でも仔細に論じた寓話的な物語小説「亜熱帯の涙」（87年）、そして絶筆「未葬の時」（92年）あたりがよく知られているが、他にも幻想的、都会的な作風があり、戯曲もあり、この作家の創造力の豊かさには改めて驚きを禁じ得ない。そして、主要作品以外の桐山作品のなかで、ひときわ異彩を放っているのが「プレセンテ」（89年）という作品である。この作品は、雑誌『文藝』89年冬季号に掲載され、単行本には収録されていない。ただし『テロルの伝説　桐山襲列伝』（２０１６年）を書いた陣野俊史が巻末資料としてこの作品を全文掲載している。（尤も、初出の『文藝』が非常に手に入れにくいというわけでもないのではあるが）。

この小説は、ドキュメンタリー映画『山谷《やま》――やられたらやりかえせ』（85年）をめぐって実際に起こった二つの殺人事件（＊一つの映画で二人の監督が殺されるという世界的にも稀な事件）をトレースして書かれている。ただし、事件のリアルな再現描写ではない。極めて寓話的な小説として書かれている。なぜなら実際に殺された監督の一人、山岡強一は逮捕歴のある左翼活動家（45歳）であるが、主人公のＭ・Ｍ氏はごく平凡な会社員（42歳）で、しかもこのＭ・Ｍ氏には得体の知れない尻尾が生えてくるという荒唐無稽な〈お話〉＝寓話だからである。Ｍ・Ｍ氏はある日、自分に「ピンク色をたたえた細い」尻尾が生えてくるという奇怪な現象に出くわし、懊悩の日々を過ごしていくのであるが、その尻尾もズボンの中ではなく、外に（！）垂れ下がって見えるというのであるからそれは実体ではなく幻影である。だから周囲の誰にも気付かれないのであるが、自分にだけ生々しくリアルに見えるそれは、だからこそいっそう悩ましい。

物語には、このＭ・Ｍ氏がアウトロー集団（現実では右翼のヤクザ）に殺されるまでの顚末と、殺された直後のシーンとが描かれている。陣野によれば「殺害時間もほぼ現実のそれに合わせてある」とのことだが、実際の兇行は１９８６年1月13日午前6時5分に起こっており、小説では「それから三日後のクリスマスの朝だった」「事件は明け方に起こった」とあるから、確かに「時間」は近いかもしれないが、ここにはもう一人の犠牲者佐藤満夫監督の存在も少なからず投影されていたように思える。なぜなら佐藤が殺害（刺殺）されたのはその1年1ヶ月前の１９８４年12月22日午前６時55分で、「三日後のクリスマスの朝だった」という表現とも符牒するからである。（＊実際はクリスマスの3日前だったわけである。さらに言えば12月22日の日の出は午前6時48分で、時間的にも佐藤のほうが近い。ただし佐藤の年齢は37歳で、年齢は山岡のほうが近い。殺害方法についても山岡が射殺で、小説の主人公と同じ死に方である）。

生前、山岡は「言葉そのものを取り戻さなければならない」と語っていた。また、映画完成時には「この映画には機関銃のように言葉が必要だ」とも言っていたという（「報告！『山谷』制作上映委員会」［16年］より）。「言葉」の死、あるいは言語の空洞化を告発し続けた桐山の志操とも重なって見えてくるわけだが、それはおそらく当時の左翼活動家・思想家たちに共有されていた最後の精神的価値でもあっただろう。声にならざる「言葉」をもって武器とした映画『山谷――やられたらやりかえせ』を、桐山は「日本資本主義の〈現罪〉を、その歴史的〈原罪〉と共に撃つという、いわば歴史的モンタージュともいうべき方法を成功させ」（『インパクション40』86年）た作品として高く評価している。だからM・M氏を敬愛する「口のきけない少年」が、その訃報（殺害）を仲間に伝えようとして懸命に駆けまわる姿は、声なき「言葉」の今を伝えている桐山自身の似姿《シーニュ》であるとも解すべきであろう。

…少年は駆けながら、幾度も空に向かって口を開けた。大声で世界じゅうに何かを知らせたかったのだった。だが、いくら大きく口を開けてみても、彼の孤独な穴ぼこからは何の音も出てこなかった。灰色の湿った冷たい空気が、口の中をいっぱいにし、両目から涙を溢れさせただけだった。それでも、少年は空に向かって口を開けながら走り続けた。世界に響かない声を仲間たちが聞きつけてくれることを祈りながら、耳に聞こえない叫び声が誰かの胸に達してくれることを希いながら、少年は無人の街を走った。…〈後略〉…

（傍線引用者）

そして、そこに、あの「プレセンテ！」の声である。小説のラストシーンで、公園の葬送に集まった人々が口々に呟くこの「プレセンテ！」は、陣野が説明するように「デモなどの集団の成員が、自分はいまここにいる、という意思表示を意味するスペイン語」である。この語は単純に出席をとるときの返事「はい」にも使われるが、むろんそれだけに留まるものではない。たとえばチリ・クーデターのとき、アジェンデ大統領派だったパブロ・ネルーダが死んだ（73年）ときのその葬列で、一団の人々が「パブロ・ネルーダ！」と叫ぶと、別の人々が、「プレセンテ（ここにいるぞ）！」と叫び答える。それは死者に代わって答えたのだとも言えるし、死者への共感・弔いの声でもあっただろう。ネルーダは今俺たちとともにここにいる！でもあるし、俺たちはお前とともに、ここにいるぞ！でもある。ピノチェトイズムの監視のもとに発せられたこの民衆葬列者の「プレセンテ！」は、まさに命がけの壮絶な発声だったことを、のちに亡命したネルーダの妻が回顧している。そしてまた、もしかすると桐山は、ボラーニョ論の稿でも触れたグスマンの『チリの闘い』を英語字幕で観ていたのではなかろうか。圧巻といえるこの映画の第3部、開始33分頃に労働者のデモ行進の描写があり、そこに「Workers from the "Cerrillos Belt"」…「Present!（プレセンテ！）」…「Workers from Ralco」…「Present!」という点呼の場面がある。Cerrillos と Ralco は、ともにチリの地方名で、地方からの参会者であることを誇りに充ちて応答し、高らかに連唱する。この場面が、実際にはピノチェトによる〝直近の敗亡〟を宿命づけられていた民衆の、扼殺以前の人間の声として確認された最後の「声」、最後の人間らしい「言葉」の共鳴であったことをこの映画は告げているのだが、同様のイメージが『山谷――やられたらやりかえせ』の映画パンフレットの中にも踏襲されている。

民衆は、たたかいの中の死者の名前を忘れない。たとえばラテンアメリカにおいて、デモや集会で、ある死者の名を呼ぶ一団がある。それは点呼だ。すると後続の一団が「プレセンテ！　プレセンテ！　プレセンテ！」と叫ぶ。彼らは、死者に代って「はい」と答えることで、死者もまた「ここにいるのだ」という意志を表示するのだ。叫ばれる人の名は、同時代の、身近な人に限られることはない。スペインの侵略に対してたたかった先住民、偽りの独立に対してたたかった人びと、数世紀前の、そのような死者すらが〝ここにいる〟！〝われわれと共にある〟！

小説「プレセンテ」には、しかし、もう一つのイメージが加算《プラス》されている。それは80年代という時空において、自ら人間の「言葉」を封印した履歴をもつ桐山自身にとっての罪の意識、ひいては〈原罪〉の意識である。私は先ほど、「口のきけない少年」を桐山自身の似姿《シーニュ》であると述べたが、主人公のM・M氏もまたじつは〈原罪〉の意識を背負っている。平凡な会社員であった彼は、ある日、尻尾が生えてくることで自らの〈原罪〉に気づき、やがて伝道者のごとき、預言者のごとき風貌へと変身を遂げていくのであるが、その契機となった「尻尾」が聖痕《スティグマ》であることは容易に推察できるはずだ。この「尻尾」のイメージには、作中でも示されたブリューゲルの版画『邪婬』を紐解くことで、そこに人間の大罪が表わされていたことが明らかになる。『邪婬』には、作中の語り手も述べているように確かに「たくさんのシッポのある人間たちが描かれて」おり、それらの人間たちがカエルのような怪物や同じ尻尾を生やした動物たちと交媾して、まさに邪婬（欲望）をむさぼりながら生きる醜態が描き出されている。1558年頃の制作とされるこの版画は、キリスト教の「七つの大罪」シリーズの一つとして制作されたもので、欲望に囚われ、物質的快楽に溺れた者たちが、魂をもつ人間としての道を踏み外していくことに対し、神から戒めを受けた図と見なしうるものである。そして、邪婬に耽ける者たちの間には共通して「言葉」がない。と言うよりも、人間としての希望や理想を裏づけるべき「言葉」を彼らは見失っているのだ。M・M氏はそうした人々――〈原罪〉を忘れて暮らす人々を導く神の代理人として、公園に集まる民衆たちに向かってキリストのごとく語りかけるのだが、その「言葉」は当局（警察、権力）にとっては「訳の分からない独り言」であったり、「香具師《やし》の口上」に似ていたり、「吟遊詩人のよう」であったり、「暴力的なアジテーション」であったり、いやそもそもその声や声の主すら確かめられない迷彩的、空無的なものであったりもする。

…その少年の目をみつめながら、M・M氏は何かを呟いた。何を言ったかは定かでない。ただ、小さく息を吐くような感じで、M・M氏は何かを呟いた。すると、まるで夜の中に新しい星が生まれたように、少年の口が幽かに動いたのだった。勿論、その口からは何の音も聞こえてこなかった。だがM・M氏は幾度も少年に頷き、吐息のような言葉を語り、そして少年もまた耳に聞こえない言葉を語った。その二人の姿は、まるで音というものの絶えた世界で何ごとかを語りあっている者たちのような、実に不思議な印象を与えた。（傍線引用者）

キリストの説教には声があり意味があり目指されるべきもの（＝救済）があったが、M・M氏にはそれがない。だが、にもかかわらず人々は彼の話を聞くために公園に集まってくる。「どうして私の話などを聞きにくるのか？」彼は二度、同じ自問を繰り返す。答えは何も見出せない。ただ次のことだけが理解される。「自分は言葉を語る者ではなく、シッポをつけて生きている者であるにすぎない」と。「シッポ」は見えざる罪であり、ゆえにまさしく〈原罪〉の標徴である。本当は誰もが言語の余白にこの見えざるシッポを持っている。しかし、80年代のこの時節においてそのことに気づく者は少ない。M・M氏の隠れた伴侶でありM・M氏の遺志を引き継ぐ者とおぼしき最後の登場人物＝「少女」は、彼に向かって次のように言う。「それでいいんだわ、きっと。救いだとか、慰めだとか、天国だとか、そんなことは下らないことなのよ」と。形ある言葉にならぬ遺志、その遺志を引き継ぐ無形の言語だけが人々にとって唯一の希望足りうるということであろう。M・M氏の死後、「少女」は群衆に向かって最後に言う。「…しばらくの間、私たちは目に見えない者となるでしょう。…〈略〉…体を殺しても、言葉を殺すことのできない者たちを、恐れることはありません。死んだ者はどこにいますか？」。群衆が立ち去った後の公園は「空洞のように」ビルディングの群れの中に取り残され、あとには「プレセンテ！」の言葉のみが幽かな呟きとしてこだまする。

　M・M氏の「夜の教区」すなわち公園は、空無という容器（＝空洞）であるとともに中心[*4]としても機能し、そこには作者桐山の寓意が盛られる。M・M氏の形象は、虐殺された両監督（佐藤満夫、山岡強一）へのオマージュでありつつ、同時に桐山自身の寓意的思想を代弁する形代《かたしろ》としても可動しているのである。70～80年代の「言葉」が扼殺され、消費欲望に囚われた同時代への反措定として桐山がこの小説を書いたことに、改めて私は敬意を感じる。彼が「前衛」の志操を引き継ぐ者として、またそれが語本来の意味としての「前衛」であり続けたことに、謝意を表しつつ。

註解

＊1　「若者たちの神々」とは、『朝日ジャーナル』誌が1984〜85年にかけて連載したインタビュー集である。インタビュアーは編集長の筑紫哲也。『朝日ジャーナル』は若い世代をターゲットとした左翼系論壇誌であり、1960〜70年代には多数の読者を集めていたが、全学連などの学生運動が終息し政治の時代が終わるとともに発行部数の長期低落傾向が続いていた。この危機を打開するために84年4月13日号から始められた企画である。連載当時の若者たちが支持する人物、各界のカリスマと呼ばれている人たちと対談し、その発想や思考法を探ろうとした。（以上、ウィキペディアを簡潔に要約）
ちなみに『若者たちの神々』Part 1に登場したのは以下の12人である。

浅田彰【京都大学人文科学研究所助手】1957年神戸生まれ。／糸井重里【コピーライター】1949年群馬県生まれ。／藤原新也【写真家】1944年福岡県生まれ。／坂本龍一【ミュージシャン】1952年東京生まれ。／ビートたけし【コメディアン】1948年東京生まれ。／森田芳光【映画監督】1950年東京生まれ。／如月小春【劇作家・脚本家】1956年東京生まれ。／新井素子【SF作家】1960年東京生まれ。／日比野克彦【デザイナー、画家、イラストレーター】1958年岐阜県生まれ。／北方謙三【ハードボイルド作家】1947年佐賀県生まれ。／島田雅彦【作家】1961年東京生まれ。／椎名誠【『本の雑誌』編集長】1944年東京生まれ。

＊2　89年の天安門事件は、ベルリンの壁崩壊（89年）やソビエト連邦解体（91年）とともに、資本主義

の勝利を告げる鐘の音だった（民主主義の勝利を、ではなかった）。天安門事件について寄せられた日本の文化人・知識人たちの無数の発言の、その内容の低次元さは、というよりもその無内容さは、全く目を覆わしむるものであったが、このとき桐山は、天安門事件を起こした中国共産党指導部を批判しつつ、しかし、ある意味それ以上に愚昧な日本の文化人・知識人たちの、空疎で非‐実体的な発言内容に対し、以下のごとき烈しい怒りをぶちまけることになる。

「いったいこの国の「文化人」の皆さんは、いつからこんなに「政治」に対して感動するようになったのだろう。いつからこんなに「中国人民」のことを考えるようになったのだろう。彼らの激情的な文章**（＊「彼らの激情的な文章」とは、次のようなものである。三浦雅士「中国人民解放軍の学生市民虐殺事件に身体の震えが止まらないほどの衝撃を受けた。社会主義の神話が崩壊してから久しいが、これではまるで駄目押しである。暗殺指令を発するイスラム原理主義も恐ろしいが、これはそれを上回る」。尾崎秀樹「絶対におこしてはならないことがおこっている」。中野翠「もはや私は『天安門』のことしか考えられなくなっている」。高野庸一「ＴＶの画面にくぎづけになり、私は怒りに体を震わせながら、何かをさがしていた」。以上、桐山の引用した文章である）**は、どうもＴＶのもつ煽情効果と無関係ではありそうにない。北京はＴＶの画面となることによって、書斎の中の「文化人」の神経をいたく刺激したようである。そしてＴＶはといえば、いまはもう幼女殺害容疑のＭ君の方にかかりきりで、天安門は五年も前、天皇の葬式は十年も前のことのようにみえる。「ＴＶの画面と現実との区別がつかなくなっている」のは、どうやらニッポン国民全体のようだ。（傍線引用者、「反天連ニュース」66号、89年）」

＊3　サルトルは、「夢」の状態について、それを「意識が現実性への知覚作用を喪失した特権的状態」（平井啓之訳）であると見なしたが、昨今の「想像力」は、まさにこの「夢」の状態と比類している。テッサ・モーリス＝スズキや塩原良和らが、近年、「批判的」という修辞を「想像力」にかぶせて、「批判的想像力」なる語を意識的に用いていたのは、一般・普遍化された「想像力」と彼らが志向する「想像力」とを差異化したいという企図ゆえのことであろう。その想いは理解できる。ただ惜しむらくは、それが「オルターナティブ（新しい選択肢）」というポストモダニズムの差延の思考に相も変わらず軟禁されており、自足的なコスモポリタニズムに内閉している点だ。それが証拠に、塩原の論（「序章　越境的想像力に向けて」『社会的分断を越境する』青弓社、17年）において、「想像力」の語は何度も、めまぐるしいほど差延的に言い換えられる。「批判的想像力」に始まり、「社会学的想像力」「歴史的想像力」「連累的想像力」「コスモポリタンな想像力」「対話的想像力」「越境的想像力」と20頁ほどの文章の中で6つもの読み変えによって語られる「想像力」の皮相さ、群盲象をなでる式の論旨が行き着く先は、いわゆる「共約不可能性」を前提とした定番の〈共生〉思想であり、かれらが試みようとしている「想像力」の胡乱な先細りぶりである。

＊4　ところで、ロラン・バルトは『表徴の帝国』（70年、翻訳74年）において、よく知られているように、日本には西欧と同様、都市に中心があり、しかし、日本の首都東京が特異なのは、その中心が空虚であるところだということを指摘した。「わたしの語ろうとしている都市（東京）は、次のような貴重な逆説、《いかにもこの都市は中心を持っている。だが、その中心は空虚である》という逆説を示してく

れる」。なぜ空虚なのかといえば、その中心には皇居があり天皇が鎮座するからだとする。「不可視性の可視的な形」「神聖なる無」としての天皇の「空虚な主体」にそって、「[非現実的で]想像的な世界が迂回してはまた方向を変えながら、循環しつつ広がっている」（傍点引用者）のが、日本の中心を担う首都東京だという洞察である。決してみだりに触れてはならぬ至高の「中心」を戴き持つこと。ここにバルトは、「日本」のスーパーリアルな文化的特殊性を見出したというわけである（本来「文化」に限られる話ではないのだが）。

この「中心」としての役割を担いながら、同時に「中心」への接近を無効化し迂回させる「天皇」という存在が、日本の文学においてはほとんど描かれてこなかったという歴史的事実を、『不敬文学論序説』（99年）の著者渡部直己は強調する。また、描いた数少ない作品の場合においても、一部の例外を除き「天皇」を描く小説の多くが「近づきながら同時に遠ざかるという接近＝回避の姿勢をな」すというジレンマを常に孕んでしまうということ。初出「あとがき」において、作者渡部が「この国の小説家たちは、なぜいまも、これにかんしてだけは『不敬罪』下の時空に生きてあるかのような慎みを共有しているのか？」と問うほどに、我が国ではいまも天皇問題はアンタッチャブルな核心であり続けている。

逆にいえば、天皇は、絶好の対象として〈物語〉を激化の極点に誘うと同時に、その絶対的に単一な現存性において、想像＝創造的なるものの余地を奪い、〈物語〉に不可欠な『虚構』をたえず、たんなる虚偽に堕せしめかねぬ存在となる。少なくとも、他の対象とは比較を絶した強さで、そうなりうる。この国にはつまり、『虚構』を介して『真実』にいたるという近代小説のイロハが容易に通じぬ対象が一つだけ存在するのだ。（『不敬文学論序説』）

単行本を上梓してから、はや20年の年月が経とうとする今日においても、渡部のこの問いは深淵にして悩ましいものであり続けている。この問いかけの否定《ノン》に、論者も共鳴する者の一人である。

近年（2011年）、半世紀以上も書籍化が封印されていた深沢七郎の「風流夢譚」（60年）が、電子書籍として発行、解禁された。発行者の京谷六二は、発行に寄せて、当時の深沢の執筆意図を、60年安保運動が急速に退潮したことに拠るのではないかと推量し、「革命や天皇制を風刺した背景に『この国は結局、何も変わらないじゃないか』という深沢の思いが見える」と、さらに「今、福島であれだけの原発事故が起き市民がデモをしても日本は変わらない。この時代状況に重ねることのできる作品だと思う」（朝日新聞2013年8月20日の記事による）と語る。電子書籍発行による身の危険を十分承知の上で、過去の遺志を引き継ぐ京谷のアンガージュマンにこそ、現実（現状）を否定する大胆な「想像力」の発動が垣間見られるのではなかろうか。

芸術は、様々に「権威をふるう諸制度の客観的実体を反映するとともに、つねにその圧力に抗する人間的なもののプロテストの力であった」と述べたのはアドルノだが、この「プロテストの力」こそが、サルトルの言う「否定の作用」と通底するものであり、自己が直面する「世界」の空無化《ネアンティザシオン》を前提とする、現実状況への真摯にして自律的な抵抗なのであった。また、そのようにして確保された「意識の自由」は、決して「恣意 l'arbitraire と混同されてはならない」（『想像力の問題』）。つまるところ、やはり主体と倫理との間の問題系《プロブレマティック》を確実に孕むものなのである。

極私的ポストモダン年表

この年表は、もともと自分の備忘録として作成したものである。だから事件、事項、芸術作品等すべてが恣意的に選択されている。また年表としては、68年以降に力点を置いた。

音楽・映画・文化	テクノロジー	
		1945
	61_ガガーリン、有人宇宙飛行成功 人工内耳、人工股関節発明、レーザーによる網膜剥離手術(米)	1960
63_「風に吹かれて」ボブ・ディラン		
		1965
	67_ペットボトル発明	
68_『猿の惑星』(米) 『2001年宇宙の旅』(英米)		
69_パルコ1号店(池袋)	69_アポロ11号月面着陸	
70_「Let it be」ポール・マッカートニー (Beatles来日は66年) an・an創刊		1970
71_「Imagine」ジョン・レノン	71_カップヌードル販売(日) 電子メールシステム開発(米) カラオケ発明(日)	
	72_X線CT(英)	
73_『最後の猿の惑星』(米) 「サンリオ」に商号を改称 (キティ開発は74年)	73_MRI登場(80年代から実用化) 遺伝子組換え作物	
74_『オデッサ・ファイル』(英西独) 『エクソシスト』(米) 「Third Reich」AH社ボードゲーム	74_ルービックキューブ考案	
75_『チリの闘い』(チリ、~79) 『サンチャゴに雨が降る』(仏ブルガリア)	75_マイクロソフト社設立 デジタルカメラ発明(米) ※店頭販売は90年代から	1975
76_『SNUFF』(アルゼンチン) 『Taxi Driver』(米) 『犬神家の一族』(日、角川映画)	76_アップル社設立。	
77_『スターウォーズ』(米) 『未知との遭遇』(米) 『八つ墓村』(日、角川映画)	77_ボイジャー1号打ち上げ	
	78_美容外科が標榜科目に認可、正式に病院の診療科目として認められる	
78_スペースインベーダー発売	78_スペースインベーダー発売	
79_『地獄の黙示録』(米) 『エイリアン』(米) 「アフリカン・レゲエ」ニナ・ハーゲン	79_受精卵クローン始まる(英) ウォークマン販売(日)	

	世相(国内・国外)	思想・哲学・文芸
1945		**49_桐山襲誕生** **53_ボラーニョ誕生**
1960	60_第2次インドシナ(ベトナム)戦争 (～75) 64_東京オリンピック **64_東海道新幹線開通**	60_「風流夢譚」深沢七郎 『サイコ』(米) 61_「セヴンティーン」大江健三郎 62_構造主義(レヴィ=ストロース)によるサルトル批判 「高い城の男」PKディック
1965	68_東名高速道路開通 三億円事件	66_フーコーVSサルトル論争、デリダの脱構築第一声(レヴィ=ストロース批判) 67_「レイテ戦記」連載開始(～69) 「スペクタクルの社会」ギー・ドゥボール 「百年の孤独」ガルシア・マルケス 68_五月革命 **ボラーニョ、メキシコ移住** 「共同幻想論」吉本隆明
1970	70_よど号ハイジャック事件 大阪万博 71_大久保清連続殺人事件 72_連合赤軍事件(71～72) 沖縄返還、ニクソン再選 73_第一次オイルショック チリ・クーデター(ピノチェト政権) 74_三菱重工ビル爆破事件 「セブンーイレブン」1号店開店 ニクソン辞職	70_三島由紀夫自決 「夜のみだらな鳥」ホセ・ドノソ 71_高橋和巳死去 「レイテ戦記」刊行 **73_ボラーニョ、チリ帰国** 「弁証法的想像力」マーティン・ジェイ 74_「2000年」パブロ・ネルーダ(死去73年) **ボラーニョ、諸国(エルサルバドル他)を経由後、メキシコに帰国、のち仏、西を放浪。1977以後は西に居を定める。**
1975	75_ベトナム戦争終結 77_青酸コーラ無差別殺人事件 79_第二次オイルショック(～80) **日本でいわゆる猟奇・不条理殺人事件は80年代以降に急増**	75_「文化と両義性」山口昌男 76_「限りなく透明に近いブルー」村上龍 78_「SS-GB」レン・デイトン 79_「風の歌を聴け」村上春樹 「表層批評宣言」蓮實重彦 「同時代ゲーム」大江健三郎

音楽・映画・文化	テクノロジー	
80_ジョン・レノン死去。 「ダブルファンタジー」 『13日の金曜日』(米)	80_埋め込み型除細動器(1980〜臨床応用始まる) 81_ES細胞樹立	1980

81_アメリカからコンピュータRPG渡来

82_『ブレード・ランナー』(米、原作「アンドロイドは電気羊の夢を見るか?」は68年)	82_人工心臓発明 CDプレイヤーの販売(日)	

82_世界初のCG採用映画『TRON』(米)
電脳空間を初めて描いた映画でもある。

83_東京ディズニーランド開園 「シンクロニシティー」ポリス 84_『ターミネーター』(米英) 『キリング・フィールド』(英)	83_携帯情報端末の発明 任天堂ファミリーコンピュータ 84_DNA型鑑定	

84_「テトリス」開発(ソ連)

85_『未来世紀ブラジル』(英) スタジオジブリ設立 86_『戒厳令下チリ潜入記』(西、日本公開87)	85_医療用ロボット登場 86_米FDAが、初のガン免疫療法薬としてインターフェロンを承認	1985

86_ドラゴンクエストシリーズ開始

87_『ゆきゆきて、神軍』(日) 「グリンゴ」手塚治虫(〜89) 『プレデター』(米)	87_「携帯電話」の名称が始まる、実用化へ。	

87_ファイナルファンタジーシリーズ開始

88_「ゼイリブ」(米) 89_インディゴ・ガールズ(メジャーデビュー)	88_インターネット商用化(米) デジタルカメラ発明(日)	

90年代から映画におけるCGが飛躍的に進歩。

90_『ツイン・ピークス』(米、〜92) 『トータルリコール』(米、原作の「追憶売ります」は66年) 91_『羊たちの沈黙』(米) 『ターミネーター2』(米)	90_遺伝子治療初成功(米) ●余談だが、ジェームズ・ダイソンがサイクロン掃除機を開発・発表。(1990年、販売は93年) 91_世界初のウェブサイト開設(8月) CG/VFX(映、米)で科学者マイルズ・ダイソンがスカイネットに繋がるコンピュータ素子開発。	1990

	世相(国内・国外)	思想・哲学・文芸
1980	80_川崎・金属バット殺人事件	80_「なんとなく、クリスタル」田中康夫 サルトル死去。 ロラン・バルト死去。
	81_佐川一政事件(パリ人肉事件) 深川通り魔殺人事件	81_「シミュラークルとシミュレーション」ジャン・ボードリヤール(邦訳は84年)
	82_東北・上越新幹線開通	82_「佐川君からの手紙」唐十郎 「おいしい生活。」糸井重里
	83_練馬一家5人殺し事件	83_「弱い思考」ジャンニ・ヴァッティモ 「構造と力」浅田彰 **「パルチザン伝説」桐山** 「チベットのモーツァルト」中沢新一
	84_グリコ・森永事件(〜85)	84_「逃走論」浅田彰 フーコー死去 「テロルの現象学」笠井潔 コム・デ・ギャルソン論争
1985	85_電信電話の民営化 労働者派遣法成立	85_「世界の終りとハードボイルドワンダーランド」村上春樹 「物語批判序説」蓮實重彦 「アメリカの影」加藤典洋
	86_チェルノブイリ原発事故	86_「異形の王権」網野善彦
	87_藤沢悪魔払いバラバラ殺人事件 尼崎連続変死事件(2012年発覚、殺人17名) 国鉄の分割民営化	87_深沢七郎死去 **「亜熱帯の涙」桐山** J・ブロツキー、ノーベル賞受賞
	88_名古屋アベック殺人事件 宮崎勤連続幼女誘拐殺人事件(〜89) 女子高生コンクリート詰め殺人事件(〜89)	88_「羊たちの沈黙」(小説) 「魔術的リアリズム」種村季弘
	89_ベルリンの壁崩壊 昭和天皇死去 天安門事件 坂本弁護士一家殺害事件(オウム真理教)	89_「物語消費論」大塚英志 「悪魔の詩」ラシュディ事件 **「第三帝国」ボラーニョ**
1990	90_新潟少女監禁事件(〜00発覚) ドイツ再統一	
	91_湾岸戦争(1月) ソビエト連邦解体(12月) バブル崩壊(〜93)	91_「アメリカン・サイコ」(小説)

音楽・映画・文化

92_『ブレード・ランナー』(米)ディレクターズカット最終版
「Advanced Third Reich」(ボードゲーム)
94_『スピード』(米)
『シリアル・ママ』(米)
『ナチュラル・ボーン・キラーズ』(米)
95_『セブン』(米)
『新世紀エヴァンゲリオン』(日、～96)
96_『スクリーム』(米)
『インデペンデンス・デイ』(米)
98_『エネミー・オブ・アメリカ』(米)
「Automatic」宇多田ヒカル
99_『マトリックス』(米)
『8mm』(米)
00_『アメリカン・サイコ』(米)
『M:i-2』(米)
スーパーフラット(村上隆、～01)
『Left Behind』(米、～06、原作は95年)
01_奈良美智×村上隆ニューポップ宣言
『PLANET OF THE APES』(米)
02_『ダイ・アナザーデイ』(米英)
『マイノリティ・リポート』(米、原作は56年で同タイトル)
『バイオハザード』(米)
03_『Monster』(米)
『テキサス・チェーンソー』(米)
『クライモリ』(米独)
04_『ホテル・ルワンダ』(南ア英伊)
『SAW』(米)
『ヒトラー最後の12日間』(独伊墺)

テクノロジー

92_日本最初のホームページ(9月)

1995

96_家庭用 DVDプレイヤーの販売開始(日)
クローン羊ドリー誕生(英)
97_コンピュータがチェスの世界チャンピオンに勝利
98_グーグル社設立。
99_手術用ロボット「ダ・ヴィンチ」完成(00年FDAが承認)
USBメモリー発明

2000

01_携帯電話とインターネットが融合
03_ヒトゲノム計画完了(米)
04_Facebook設立

●NSA(アメリカ国家安全保障局)による現実のスカイネットが運用(→2012年スノーデン告発)。2004年以来、4000人にのぼる人々がアメリカ軍の無人機(ドローン)による攻撃で殺されており、死亡者のほとんどがアメリカ政府に「過激派」として分類されていたと、イギリスのBureau of Investigative Journalismが報じている。

世相(国内・国外)

92_市川一家4人殺人事件
93_埼玉県愛犬家連続殺人事件(～95)
94_ルワンダ虐殺
マンデラ大統領就任
井の頭公園バラバラ殺人事件

1995
95_**阪神・淡路大震災**
NATOによるボスニア・ヘルツェゴビナ空爆
地下鉄サリン事件
福島悪魔払い殺人事件
大阪連続バラバラ殺人事件(85～)
96_北九州監禁連続殺人事件(96～98、発覚02)
97_神戸連続児童殺傷事件(酒鬼薔薇事件)
大阪マンションバラバラ殺人事件
京都議定書(地球温暖化)

97_秋田新幹線開通

99_コソボ空爆
マンデラ大統領退任
下関通り魔殺人事件
光市母子殺害事件
池袋通り魔殺人事件

2000
00_ルーシー・ブラックマン事件
世田谷一家殺害事件
新潟少女監禁事件発覚(90～)
西鉄バスジャック事件

01_**9・11**
附属池田小事件
02_北九州監禁殺人事件

03_イラク戦争

04_長崎佐世保市女子児童殺害事件
大牟田4人殺害事件

思想・哲学・文芸

92_カジェタノ・シリーズ始まる。
桐山襲死去(3月)
「清貧の思想」中野孝次

94_**「象の道」**(オリジナルは81～82、のち「ムッシュー・パン」99に改作)
95_「敗戦後論」加藤典洋
「Left Behind」(米、小説)

96_**「アメリカ大陸のナチ文学」**
「はるかな星」
「『彼女たち』の連合赤軍事件」大塚英志
97_「『知』の欺瞞」初刊
「スナッフ・フィルム追跡」ヤーロン・スヴォレイ
「水滴」目取真俊
「通話」
シェーファーがチリから逃亡。
98_**「野生の探偵たち」**
ユンガー死去
99_**「ムッシュー・パン」**
「亡国のイージス」福井晴敏
「不敬文学論序説」渡部直己
00_和訳「『知』の欺瞞」
「チリ夜想曲」

01_**「売女の人殺し」**
7月からビリヤ・グリマルディ裁判始まる。(チリ)
「世界の中心で、愛をさけぶ」片山恭一
→映画・テレビドラマ化:04年

03_**ボラーニョ死去(inバルセロナ)**
「鼻持ちならないガウチョ」

04_**「2666」(9月刊行、英訳08)**
ソンタグ死去(12月)

音楽・映画・文化

05_『クリミナルマインド』(米)放送開始(日本は07年~)
『シン・シティ』(米)ロバート・ロドリゲス
06_『ボーダータウン』(米)
「レッド」山本直樹(~18年まで連載)
07_『ゾディアック』(米、原作は86年)
『ブレード・ランナー』ファイナルカット版
08_『ウクライナ21』(事件は07年)
『ブレイキング・バッド』(ドラマ、米)
『マーターズ』(仏カナダ)
『実録・連合赤軍あさま山荘への道程』(日)
09_『フェアウェル』(仏)
『Killer View』(スナッフビデオ、米)
10_『メキシコ　地獄の抗争』(メキシコ)
『光のノスタルジア』(仏独チリ)

13_『皆殺しのバラッド』(メキシコ)
『リアイリティのダンス』(仏チリ)
『ザ・ブリッジ』(米)
『NAKED BODY』(伊独西チリ合作)レプリカント役のルトガー・ハウアーが出演。
14_『シチズンフォー　スノーデンの暴露』(米独)
『サボタージュ』(米)
『Left Behind』(米、ニコラス・ケージ主演)
15_『ボーダーライン』(米)
『カルテル・ランド』(メキシコ米合作)
『エスコバル/楽園の掟』(仏西ベルギー他)、『コロニア』(独仏他)
※『チリの闘い』日本初上映
ディズニー『シンデレラ』実写化
『高い城の男』(米)
※この年からナチス関連の映画作品急増(15~16年だけで17作品)

16_「Up&Up」コールドプレイ
『スノーデン』(米独仏)
ボブ・ディラン、ノーベル賞受賞
17_「Despacito」ルイス・フォンシ
『ブレードランナー 2049』(米)
『SS-GB』(英)
「Havana」カミラ・カベロ

テクノロジー

2005

05_ゲノム編集開発・発見
Amazon.com「A M Turk」を立ち上げる。
06_ips細胞誕生
07_スマートフォン開始

2010

11_スペースシャトル計画終了
量子コンピュータ「D-wave」の建造(カナダ)

13_スノーデン暴露事件

14_STAP細胞事件

2015

15_遺伝子編集技術「CRISPR」発見

16_VR技術の普及化(VR元年)

18_本庶佑、ノーベル賞受賞(PD-1、オプジーボ)

	世相(国内・国外)	思想・哲学・文芸
2005	05_郵政民営化法案成立 自殺サイト殺人事件	05_「半島を出よ」村上龍 「フラット化する世界」トーマス・フリードマン
	06_「セレブ妻」夫バラバラ殺人事件 **メキシコ麻薬戦争本格的開始**	
	07_闇サイト殺人事件 会津若松母親殺害事件 女子短大生切断遺体事件	
	08_秋葉原無差別殺人事件 リーマン・ショック	08_「ネルーダ事件」アンプエロ ベンヤミン新全集刊行開始
	09_島根女子大生死体遺棄事件 横浜バラバラ遺体事件	09_「犬の力」ウィンズロウ
2010	10_オバマ、イラク戦争の終結を宣言。	
	11_3・11	**11_「風流夢譚」電子書籍化**
	13_三鷹ストーカー殺人事件	
	14_佐世保市高1女子殺人事件 名大女子学生殺人事件	14_「メキシコ麻薬戦争」ロアン・グリロ
2015	**15_パリ同時多発テロ**	15_アレクシェーヴィチ、ノーベル賞受賞 「ブラック・アース」ティモシー・スナイダー
	16_大口病院事件 津久井やまゆり園事件 マイナンバー制度開始 18歳選挙施行 熊本地震 **トランプ大統領就任と英EU離脱**	
	17_ラスベガス銃乱射事件(58人死亡、546人負傷) 座間市自殺サイト事件 チャールズ・マンソン死去(享年83歳?)	17_カズオ・イシグロ、ノーベル賞受賞

「68年問題」関係書籍一覧

対象図書は「68」が見出しまたは副見出しに入っているもののみとした。
また、テーマ的に関連性がないと思われるものは外した。

島泰三「安田講堂1968—1969(中公新書)」
エレナ・ポニアトウスカ「トラテロルコの夜　メキシコの1968年」
神水理一郎「清冽の炎　群青の春—1968東大駒場」(2012年まで続刊)
東京人「1968—72 新宿が熱かった頃」

2006

絓秀実「1968年(ちくま新書)」
マーク・カーランスキー「1968—世界が揺れた年」
吉田和明「三億円事件と伝書鳩　1968〜69」

2007

渡辺眸　写真集「東大全共闘1968—1969」
とよだもとゆき「村上春樹と小阪修平の1968年」
たむらまさき、青山真治「酔眼のまち—ゴールデン街1968—1998」

2008

藤原書店「環 Vol.33 特集　世界史の中の68年」(季刊誌)
内野儀他「悍　第1号　特集:1968」

2000

リュック・フェリー他「68年—86年　個人の道程」(ウニベルシタス)

2002

高野慎三「つげ義春1968」
加藤周一「テロリズムと日常性—「9・11」と「世なおし」68年」

2003

絓秀実「革命的な、あまりに革命的な—「1968年の革命」史論」
ジル・ドゥルーズ「無人島1953—1968」(前田英樹監修)

2004

四方田犬彦「ハイスクール1968」
唐木田健一「1968年には何があったのか—東大闘争私史」
阿部嘉昭「68年の女を探して—私説・日本映画の60年代」
大島渚「大島渚1968」

2005

絓秀実「1968(知の攻略　思想読本)」
井関正久「ドイツを変えた六八年運動」
絓秀実「LEFT ALONE—持続するニューレフトの「68年革命」」

手塚治虫「手塚治虫クロニクル　1968～1989（光文社新書）」
山田宏明「美少女伝説―レポート1968慶応大学の青春（情況新書）」

2012

ノルベルトフライ＋下村由一「1968年―反乱のグローバリズム」
オリヴィエ・アサイヤス「5月の後の青春―アリス・ドゥボールへの手紙、1968年とその後」
長崎浩「革命の哲学―1968叛乱への胎動」
小野俊太郎「明治百年―もう一つの1968」
土田宏「アメリカ1968―混乱・変革・分裂」
津村喬（絓秀実編）「津村喬精選評論集―"1968"年以後」
大島渚「大島渚1968」

2013

三田誠広「早稲田1968」
澤田隆治「青春論稿1968笑いへの誘い」

2014

渡辺眸「1968新宿」（写真集）
リチャード・ウォーリン「1968　パリに吹いた「東風」」
島泰三「安田講堂1968―1969」
クリスティン・ロス「68年5月とその後」
鄭鴻生、丸川哲史「台湾68年世代、戒厳令下の青春―釣魚台運動から学園闘争、台湾民主化の原点へ」

2009

小熊英二「1968〈上〉若者たちの叛乱とその背景」「1968〈下〉叛乱の終焉とその遺産」
毎日新聞社「1968年に日本と世界で起こったこと」
鹿島茂「吉本隆明1968」
加藤登紀子「登紀子1968を語る」
アラン・バディウ他「1968年の世界史」
とよだもとゆき「村上春樹と小阪修平の1968年」
絓秀実他「革命待望！―1968年がくれる未来」
「別冊情況　特講：68年のスピノザ」（情況出版）
古峯隆生「1968少年玩具　東京モデルガンストーリー」

2010

四方田犬彦＋平沢剛「1968年文化論」
毎日新聞社「新装版1968年グラフィティ」
三橋俊明「路上の全共闘1968（河出ブックス）」
石井保男「わが青春の国際学連―プラハ1959―1968」
「写真記録　市民がベトナム戦争と闘った―大泉・朝霞1968―1975」

2011

西川長夫「パリ五月革命 私論―転換点としての68年（平凡社新書）」
西村多美子「実存　1968―69状況劇場」
ジョセフ・クーデルカ「プラハ侵攻1968」

日本推理作家協会・編「1968 三億円事件」
中川右介「1968年」
三橋俊明「全共闘、1968年の愉快な叛乱」
石黒健治「青春　1968」
鈴木道彦「私の1968年」
つげ義春他「ガロ1968 前衛マンガの試行と軌跡」
眞武善行「日本全共闘1968叛乱のクロニクル」
渡辺眸「フォトドキュメント東大全共闘1968―1969」(角川ソフィア文庫)
絓秀実「革命的な、あまりに革命的な『1968年の革命』史論」
小野沢稔彦「〈越境〉の時代：大衆娯楽のなかの『1968』」
西川長夫「パリ五月革命 私論：転換点としての1968年(平凡社ライブラリー)」
五十嵐太郎「モダニズム崩壊後の建築―1968年以降の転回と思想」
小澤真男「学生リーダー、ルディ・ドゥチュケの夢見た1968年のドイツ」
楊海英「『知識青年』の1968年―中国の辺境と文化大革命」
ミシェル・ヴィノック「フランス政治危機の100年―パリ・コミューンから1968年5月まで」
「季刊ピープルズ・プラン80―持続不可能な状況へのオルタナティブを探求する　特集：再考『1968』」
宮本研「宮本研エッセイ・コレクション 2(1968―1973)〈革命〉―四つの光芒」
金澤信幸「フォークソングの東京・聖地巡礼 1968―1985」
野上眞宏「BLUE：Tokyo 1968―1972」(写真集)

2015

西田慎＋梅崎透「グローバル・ヒストリーとしての「1968年」」
小倉英敬「ラテンアメリカ1968年論」
ローラン・ジョフラン「68年5月」
早稲田大学アジア研究機構「ワセダアジアレビュー〈No.17〉特集 東アジアから1968年をみつめなおす／沖縄から問い直すアジアのデモクラシー」
長谷川康夫「つかこうへい正伝　1968―1982」
堂場瞬一「衆1968夏」(文春文庫)

2016

押井守＋笠井潔「創造元年1968」
神奈川大学人文学研究所「〈68年〉の性：変容する社会と「わたし」の身体(神奈川大学人文学研究叢書)」
高田昭雄「写真集『水島の記録1968―2016』」

2017

市田良彦、王寺賢太「〈ポスト68年〉と私たち：「現代思想と政治」の現在」
鹿島茂「新版吉本隆明1968」(平凡社ライブラリー)、岳真也「1968年・イェルサレム・夏」
佐藤文香「天の川銀河発電所Born after 1968 現代俳句ガイドブック」

2018

岩波書店「思想」5月号「1968」
四方田犬彦「1968 [1] 文化」「1968 [2] 文学」「1968 [3] 漫画」

あとがき

＊

夜に抗して闘う者は、
夜の最も底深い闇を動かして、
夜そのものの光を現出させねばならない。

（ヴァルター・ベンヤミン『書簡Ⅰ』）

本書のタイトル「夜に抗して闘う者たち」は、ヴァルター・ベンヤミンの右の箴言に基づいている。ベンヤミンがまだ24歳の頃。プロの著述家としては出発したばかりの時期であるにもかかわらず、すでに「我が未来」を予見するかのごとく「夜」に対峙する彼の決意が述べられている。そして、この「夜」が何を指すのかは、あえて明言を避けるべきであろう。「悪」であるとも、「闇」であるとも、置き換えることは無論可能である。が、隠喩を別の隠喩でパラフレーズすることは、おそらく無粋の誹《そし》りを受けるに違いない。――たとえば、「闇」はずっと「闇」でありつづけることができ、「悪」はずっと「悪」でありつづけることができるが、「夜」はずっと「夜」でありつづけることはできない。

本書で論じたジョン・レノン、ロベルト・ボラーニョ、桐山襲も、それぞれが「夜」に抗した者たちであったことは言うまでもない。その闘いかたの内実については、本篇をお読みいただきたい。

編著を含めれば4冊目の単著である。だが今まで、これほどまでに苦しんだ著作はなく、翰林書房編集の今井静江さんには量りしれないご迷惑をおかけした。粘り強く拙稿をお待ちいただきましたこと、心より感謝を申し上げたい。原稿が遅滞したにもかかわらず、巻末年表や表の作成、レイアウト、表紙デザイン等、すべてにわたって懇篤なご配慮をいただいた。

一つ、心残りがある。それは、当初予定していたロベルト・ボラーニョ論の後半――『野生の探偵たち』と『２６６６』についての論稿――が時間切れで載せられなかったことだ。およそ百枚（４００字詰）のこの論稿については、もし出版社のお許しがもらえれば増補版の形で再刊し、お披露目したいと思っている。そのとき、ボラーニョと桐山襲との相関もさらに明確化するであろう。

本書の論稿は、一部分を除き（桐山襲論のⅠのみ『表象の現代』（08年）中の「桐山襲と八〇年代の日本文学」を大幅に加筆改稿したものである）、すべて書き下ろしの原稿である。この「書き下ろし」に慣れていなかったことも、原稿が大幅に遅滞した要因の一つであったかと思う。本作りの難しさを改めて噛み締めたこの度の出版であった。

ところで今回、文学新聞「千年紀文学」で僚友の小林孝吉さんにも大変お世話になった。作家室生犀星が言うところの「文章病」にかかっていた私の論稿をご高覧いただき、励ましの電話を何度もいただいた。本書のタイトルは、二人でベンヤミンやJ・ブロツキーの箴言について語り合っていた際に、どこからともなく生まれたものでもある。当初は「余白と前衛」というタイトルを予定していたのだが、「夜に抗して…」の方が内容との一致感も高く、また研究書らしくないタイトルであることが、却って私の心をとらえた気がする。

なお、今回の出版は、平成28年度亜細亜大学特別研究奨励制度による研究成果である。

二〇一九年一月二〇日

原　仁司

【著者略歴】
原　仁司（はら　ひとし）
愛知県出身。亜細亜大学教授。
著書に
『表象の限界』（御茶の水書房）
『中心の探求』（學藝書林）
『柳美里　1991－2010』（編著・翰林書房）

夜に抗して闘う者たち
—ジョン・レノン、ロベルト・ボラーニョ、桐山襲—

発行日	2019年 3 月22日　初版第一刷
著　者	原　仁司
発行人	今井　肇
発行所	翰林書房
	〒151-0071 東京都渋谷区本町1-4-16
	電 話　(03) 6276-0633
	FAX　(03) 6276-0634
	http://www.kanrin.co.jp/
	Eメール●Kanrin@nifty.com
装　釘	須藤康子＋島津デザイン事務所
印刷・製本	メデューム

落丁・乱丁本はお取替えいたします

ISBN978-4-87737-440-2